AF206612

Jack London

Kid & Co.

Erzählungen

Bibliografische Information der Deutschen Nationalbibliothek:
Die Deutsche Nationalbibliothek verzeichnet diese Publikation in der Deutschen Nationalbibliografie; detaillierte bibliografische Daten sind im Internet über http://dnb.dnb.de abrufbar.

Herstellung und Verlag: BoD – Books on Demand, Norderstedt

ISBN: 978-3-7460-7693-5

Inhaltsverzeichnis

Ein Mißgriff der Schöpfung

Brrr!« brüllte Kid den Hunden zu und warf sich mit seinem ganzen Gewicht gegen die Lenkstange, um den Schlitten zum Stehen zu bringen. Kid, genannt Alaska-Kid, der ehemalige Journalist, der in Alaska zum Manne herangereift war, zu einem der kühnsten Männer des wilden Nordens.

»Was willst du denn?« klagte Kurz, sein ständiger Gefährte. »Hier ist doch kein Wasser unter dem Schnee.«

»Nein, aber sieh dir mal die Fährte an, die hier nach rechts abschwenkt«, antwortete Kid. »Ich hätte nicht geglaubt, daß jemand hier in der Gegend überwinterte.«

Im selben Augenblick, als sie anhielten, legten sich die Hunde in den Schnee und begannen die kleinen Eisstücke, die zwischen ihren Zehen saßen, abzuknabbern. Noch vor fünf Minuten war dieses Eis Wasser gewesen. Die Tiere waren durch eine dünne, von Schnee bedeckte Eisschicht eingebrochen, und unter dem Eis verbarg sich die Quelle, die am Hang entsprang und auf der drei Fuß dicken Winterkruste des Nordbeskaflusses kleine Pfützen bildete.

»Das ist das erstemal, daß ich von Menschen hier in Nordbeska höre«, sagte Kurz und starrte die fast gänzlich verwischte Fährte an, die, von zwei Fuß tiefem Schnee verdeckt, das Flußbett in einem rechten Winkel verließ und nach der Mündung eines Baches führte, der von links geflossen kam.

»Vielleicht sind es Jäger gewesen«, meinte er. »Jäger, die längst wieder abgezogen sind.«

Kid fegte den lockeren Neuschnee mit den in Fäustlingen steckenden Händen beiseite, blieb einen Augenblick stehen, um sich die Fährte anzusehen, fegte wieder, sah abermals nach.

»Nein«, entschied er dann.

»Die Spuren laufen nach beiden Richtungen, aber die jüngere geht den Bach hinauf. Wer es auch sein mag, so muß er jedenfalls noch da sein. Es ist mehrere Wochen her, daß jemand hier ging. Aber was hält ihn noch dort? Das möchte ich wissen.«

»Und was ich wissen möchte, ist, wo wir heute nacht lagern werden«, sagte Kurz und betrachtete den Horizont im Südwesten mit mißtrauischen Blicken. Die Dunkelheit der kommenden Nacht begann bereits das Zwielicht des Nachmittags zu verdrängen. »Wir können ja der Fährte den Bach hinauf folgen«, schlug Kid vor. »Wir haben trockenes Holz genug hier. Wir können lagern, wann es uns beliebt.«

»Ja, natürlich können wir lagern, wann es uns beliebt. Aber wenn wir nicht hungern wollen, müssen wir marschieren, und es handelt sich auch darum, die rechte Richtung einzuschlagen.«

»Bachaufwärts werden wir schon etwas finden«, erklärte Kid.

»Aber schau dir doch den Proviant an! Schau dir die Hunde an!« rief Kurz. »Schau ... na, meinetwegen los ... du sollst deinen Willen haben.«

»Es wird die Reise nicht um einen Tag verlängern«, meinte Kid, »wahrscheinlich nicht einmal um eine Meile.«

»Es ist vorgekommen, daß Männer um weniger als eine Meile verreckt sind«, antwortete Kurz und schüttelte mit finsterer Miene den Kopf. »Aber nur los jetzt! Auf, ihr armen wundfüßigen Viecher. Auf jetzt ... Los, Bright ... Hüh!«

Der Leithund gehorchte, und das ganze Gespann schleppte sich müde weiter durch den lockeren Schnee. »Brrr ... halt!« schrie Kurz. »Hier müssen wir uns die Fährte selbst stampfen.«

Kid holte seine Schneeschuhe unter der Schlittenpersenning hervor, band sie an seine in Mokassins steckenden Füße und ging voraus, um die lockere Oberfläche für die Hunde festzutreten.

Es war eine mühselige Arbeit. Hunde und Männer hatten seit Tagen nur kleine Rationen erhalten, und die Kraft, die sie noch in Reserve hatten, war sehr begrenzt und armselig. Sie folgten dem Bachbett, welches aber so steil abfiel, daß der jähe, unzugängliche Hang ihnen viel Mühe machte. Die hohen Felswände zu beiden Seiten verengten sich schnell immer mehr zu einer Schlucht, in der es, da die hohen Berge die lang anhaltende Dämmerung nicht hereinließen, fast ganz dunkel war.

»Das ist ja die reine Falle«, sagte Kurz. »Verdammt eklig ist es überhaupt hier. Es ist ein Loch im Boden, Hier wird das Pech nur so herausquellen.«

Kid antwortete nicht. Und die nächste halbe Stunde zogen sie wortlos weiter. Dann brach Kurz wieder das Schweigen.

»Das Unheil marschiert schon«, murrte er. »Es ist schon an der Arbeit ... und ich will es dir erzählen, wenn du es hören magst.«

»Nur los«, sagte Kid.

»Gut, meine Ahnung sagt mir ganz offen und einfach, daß wir nie und nimmer aus diesem verdammten Dreckloch herauskommen, jedenfalls erst nach vielen, vielen Tagen. Wir werden verflucht viel Pech haben und sehr lange Zeit und noch einige Tage dazu hierbleiben müssen ...«

»Sagt deine Ahnung nichts von Proviant?« fragte Kid unfreundlich. »Denn wir haben ja nicht Proviant für Tage und Tage und noch einige Zeit dazu.«

»Nee ... kein Wort von Proviant. Ich glaube ja noch, daß wir die Sache deichseln werden, aber ich will dir was sagen, Kid, offen und ehrlich, ich esse jeden Hund hier im Gespann, aber Bright nicht. Bei Bright mache ich halt.«

»Hör jetzt auf«, schalt Kid. »Meine Ahnung ist auch an der Arbeit, und zwar ganz gewaltig. Sie sagt mir, daß es kein Essen aus Hundefleisch geben wird, und daß wir uns fett und dick fressen werden, mag es nun an Elch- oder Rentierfleisch oder Kaviar sein.«

Kurz gab seinen Widerwillen nur durch ein verächtliches Grunzen kund, und wieder verging eine Viertelstunde in tiefem Schweigen.

»Jetzt beginnt dein Unheil schon«, sagte Kid und machte halt. Dann starrte er auf einen Gegenstand, der neben der alten Fährte lag.

Kurz verließ die Lenkstange und trat zu ihm. Gemeinsam starrten sie auf den Körper eines Mannes, der im tiefen Schnee lag.

»Er ist gut genährt«, sagte Kid.

»Sieh dir mal seine Lippen an«, sagte Kurz.

»Steif wie ein Besenstiel«, erklärte Kid, als er den einen Arm der Leiche hob. So steif war der Arm, daß der ganze Körper der Bewegung folgte.

»Wenn du ihn aufhebst und wieder fallen läßt, zerbricht er in Stücke«, sagte Kurz.

Der Mann lag auf der Seite und war völlig gefroren. Aus dem Umstand, daß er nicht mit Schnee bedeckt war, schlossen sie, daß er erst ganz kurze Zeit hier lag.

»Vor drei Tagen hat es ja mächtig geschneit«, erinnerte sich Kurz.

Kid nickte, dann beugte er sich über die Leiche, drehte sie halb um, so daß sie das Gesicht sahen, und zeigte auf eine Schußwunde in der einen Schläfe. Er untersuchte den Boden zu beiden Seiten und zeigte nickend auf einen Revolver, der im Schnee lag.

Einige hundert Meter weiter fanden sie eine zweite Leiche, die mit dem Gesicht nach unten im Schnee lag. »Zweierlei ist klar«, sagte Kid. »Sie sind gut genährt. Es handelt sich also nicht um Hungersnot. Aber sie haben auch nicht viel Gold gefunden, sonst hätten sie nicht Selbstmord begangen.«

»Wenn sie das getan haben«, wandte Kurz ein.

»Das haben sie ganz sicher. Es sind ja keine Spuren außer ihren eigenen vorhanden, und sie sind beide vom Pulver verbrannt.«

Kid zog die Leiche beiseite und grub mit der Spitze seines Mokassins einen Revolver aus dem Schnee, wo er unter der Leiche gelegen hatte. »Damit hat er es getan. Ich sagte dir ja, daß wir etwas finden würden.«

»Es sieht sogar aus, als ob wir kaum erst beim Anfang wären. Aber warum haben die beiden dicken Kerle sich wohl erschossen?«

»Wenn wir das erst entdecken, dann wissen wir auch, wie es mit dem Unheil zusammenhängt, das du uns prophezeit hast«, antwortete Kid. »Komm. Wir müssen weiter ... es ist schon verflucht dunkel.«

Es war wirklich schon sehr dunkel, als Kid mit seinen Schneeschuhen über eine dritte Leiche stolperte. Dann fiel er quer über einen Schlitten, neben dem eine vierte lag. Und als er den Schnee, den er im Fallen in den Kragen bekommen, entfernt und ein Streichholz angezündet hatte, sahen er und Kurz noch eine Leiche, die, in Decken gehüllt, neben einem halbfertigen Grab lag. Ehe das Streichholz erlosch, hatten sie noch ein halbes Dutzend Gräber daneben entdeckt.

»Pfui Teufel«, erklärte Kurz schaudernd. »Ein Selbstmörderlager. Alle dick und gut genährt. Ich vermute, daß die ganze Gesellschaft tot ist.«

»Nein ... sieh dort!« Kid starrte auf einen schwachen Lichtschimmer in der Ferne. »Und dort ist noch ein Licht ... und dort ein drittes ... Komm ... schnell!«

Sie fanden keine weiteren Leichen, und wenige Minuten später hatten sie auf einem festgetretenen Weg das Lager erreicht.

»Das ist ja eine Stadt!« flüsterte Kurz. »Es müssen mindestens zwanzig Hütten sein. Und nicht ein einziger Hund. Ist das nicht seltsam?«

»Und damit ist auch die ganze Geschichte erklärt. Es ist die Expedition Laura Sibleys«, flüsterte Kid sehr erregt zurück. »Erinnerst du dich noch? Die Leute kamen letzten Herbst mit der Port Townsend Nummer Sechs den Yukon herauf. Sie fuhren an Dawson vorbei, ohne anzuhalten. Der Dampfer muß sie an der Mündung des Baches an Land gesetzt haben.«

»Ich weiß schon ... es waren Mormonen.«

»Nein, Vegetarier«, sagte Kid und grinste in der Dunkelheit. »Sie wollten kein Fleisch essen und die Hunde nicht arbeiten lassen.«

»Ist ja alles Jacke wie Hose ... der Allweise hatte ihnen selbst den Weg zum Gold gezeigt. Und Laura Sibley wollte sie spornstreichs dorthin führen, wo sie alle Millionäre werden sollten.«

»Ja, sie war ihre Seherin ... hatte Visionen und ähnliches. Ich dachte, sie wären den Nordenskjöld hinaufgezogen.«

»Pst ... hör mal ...«

Kurz tippte Kid warnend gegen die Brust, und beide lauschten auf ein tiefes, langgezogenes Stöhnen, das aus einer der Hütten kam. Bevor es verstummte, kam ein neues aus einer andern Hütte und dann wieder aus einer andern ... es war wie das furchtbare Stöhnen einer leidenden Menschheit ... es wirkte unheimlich wie ein Alpdruck.

»Pfui Deibel!« Kurz erschauerte. »Mir wird ganz übel davon. Wir wollen hingehen und sehen, was los ist.«

Kid klopfte an die Tür einer Hütte, in der Licht brannte. Und als von drinnen »Herein!« gerufen wurde – offenbar von der Stimme, die vorher gestöhnt hatte –, traten beide ein.

Es war eine ganz einfache Hütte aus rohen Balken, die Wände mit Moos gedichtet, der lehmige Boden mit Hobelspänen und Sägemehl bestreut. Das Licht rührte von einer Öllampe her, und in seinem Schein konnten sie fünf Betten sehen. In dreien davon lagen Männer, die sofort zu stöhnen aufhörten, um die Neuankömmlinge anzustarren.

»Was ist los?« fragte Kid einen Mann, dessen breite Schultern und mächtige Muskeln die Bettdecke nicht zu verbergen vermochte. Seine Augen waren jedoch von Schmerz verdunkelt und seine Wangen ausgehöhlt. »Pocken? Oder was sonst?«

Statt zu antworten zeigte der Mann auf seinen Mund und öffnete mit großer Mühe die schwarzen und geschwollenen Lippen. Kid erschauerte, als er ihn ansah.

»Skorbut«, flüsterte er Kurz zu. Und der Mann nickte, um die Richtigkeit der Feststellung zu bestätigen.

»Lebensmittel genug?« fragte Kurz.

»Jawohl«, antwortete der Mann. »Aber ihr müßt euch selber helfen. Es ist massenhaft da. Die nächste Hütte auf der andern Seite steht leer. Das Depot liegt daneben. Geht nur hin.«

In allen Hütten, die sie in dieser Nacht besuchten, fanden sie dasselbe Bild. Das ganze Lager war vom Skorbut ergriffen. Es waren auch ein Dutzend Frauen da, aber die bekamen sie nicht gleich zu sehen. Ursprünglich waren es im ganzen dreiundneunzig Männer und Frauen gewesen, aber zehn waren gestorben und zwei kürzlich verschwunden. Kid erzählte, wie sie die beiden gefunden hatten, und drückte sein Erstaunen darüber aus, daß es keinem eingefallen war, die Fährte eine so kurze Strecke zu verfolgen und selbst Untersuchungen anzustellen. Was aber ihm und Kurz besonders auffiel, war die völlige Hilflosigkeit dieser Leute. Ihre Hütten waren unordentlich und unsauber. Die Teller standen ungewaschen auf den roh gezimmerten Tischen. Sie halfen sich auch nicht gegenseitig. Die Sorgen einer Hütte waren nur ihre Sorgen allein, ja, die Leute hatten sogar schon aufgehört, ihre Toten zu begraben.

»Es ist wirklich ganz unheimlich«, sagte Kid zu Kurz. »Ich habe viele Gauner und Taugenichtse in meinem Leben getroffen, aber noch nie so viele auf einmal. Du hörst ja selbst, was sie sagen. Sie haben die ganze Zeit keine Hand zur Arbeit gerührt. Ich wette, sie haben sich nicht einmal die Gesichter gewaschen. Kein Wunder, daß sie Skorbut bekommen haben.«

»Aber Vegetarianer sollten doch eigentlich gar nicht Skorbut bekommen können«, wandte Kurz ein. »Man glaubt ja immer, daß nur Leute, die Salzfleisch essen, Skorbut bekommen. Und die Leute hier essen ja gar kein Fleisch, weder frisches noch gepökeltes, weder rohes noch gekochtes oder sonst irgendwie zubereitetes.«

Kid schüttelte den Kopf. »Ich weiß schon. Und mit vegetarischer Kost heilt man Skorbut, was keine Medizin vermag. Pflanzen, namentlich Kartoffeln, sind die einzigen Gegenmittel. Aber vergiß eines nicht, Kurz: Wir haben es hier nicht mit einer Theorie, sondern mit der Wirklichkeit zu tun. Es ist eine Tatsache, daß diese Grasfresser alle Skorbut bekommen haben.«

»Es ist vielleicht ansteckend.«

»Nein, soviel wissen die Ärzte jedenfalls. Skorbut ist keine ansteckende Krankheit. Man wird nicht angesteckt. Er entsteht im Organismus selbst. Soviel ich weiß, ist die Ursache das Fehlen irgendeines Stoffes im Blut. Es kommt nicht davon, daß sie etwas gekriegt haben, sondern daß ihnen etwas fehlt. Ein Mensch bekommt Skorbut, wenn ihm gewisse

Chemikalien in seinem Blut fehlen, und diese Chemikalien zieht man nicht aus Pulvern und Flaschen, sondern nur aus Pflanzen.«

»Und diese Leute haben nichts als Gras gefressen«, stöhnte Kurz. »Und sie sind bis über die Ohren damit vollgestopft. Das beweist, daß du auf einem falschen Gleis bist, Kid. Du hast wieder mal so eine Theorie, aber die Tatsachen schlagen deiner Theorie den Boden aus. Skorbut steckt an, und deshalb sind sie alle angegriffen, und das sogar ganz niederträchtig! Und wir beide werden auch krank werden, wenn wir in dieser Gegend bleiben. Pfui Deibel, ich kann schon merken, wie der Dreck mir durch den ganzen Körper dringt.«

Kid lachte spöttisch und klopfte an die Tür einer Hütte.

»Ich denke, daß wir hier ganz dieselbe Lage vorfinden werden«, sagte er. »Komm, wir müssen sehen, wie die Geschichte zusammenhängt.«

»Was wünschen Sie?« rief eine scharfe Frauenstimme.

»Wir möchten sehen, wie es mit Ihnen steht«, antwortete Kid.

»Wer sind Sie?«

»Zwei Ärzte aus Dawson«, rief Kid ohne zu überlegen. Sein Leichtsinn bewog Kurz, ihm mit dem Ellbogen einen Rippenstoß zu geben.

»Ich will keinen Arzt sehen«, sagte die Frau. Ihre Stimme klang abgerissen und heiser vor Schmerz und Ärger. »Gehen Sie! Gute Nacht. Wir glauben nicht an Doktoren.«

Kid drückte die Türklinke nieder und öffnete die Tür. Drinnen drehte er die kleingeschraubte Öllampe hoch, so daß sie sehen konnten. Die vier Frauen in den vier Betten hörten mit Stöhnen und Seufzen auf, um die Eindringlinge anzustarren. Zwei von ihnen waren junge Geschöpfe mit ausgemergelten Gesichtern, die dritte war eine ältere, sehr kräftige Frau, und die vierte, die Kid an der Stimme wiedererkannte, war das magerste und gebrechlichste Exemplar der menschlichen Rasse, das er je gesehen. Er erfuhr bald, daß es Laura Sibley selbst war ... die Seherin und berufsmäßige Wahrsagerin, die die Expedition in Los Angeles auf die Beine gebracht und nach dem Todeslager in Nordbeska geführt hatte. Die Unterredung, die jetzt stattfand, war recht ungemütlich. Laura Sibley glaubte nicht an Ärzte. Zu ihrer Entschuldigung muß gesagt werden, daß sie auch schon fast aufgehört hatte, an sich selbst zu glauben.

»Warum haben Sie nicht nach Hilfe geschickt?« fragte Kid, als sie erschöpft und atemlos einen Augenblick schwieg. »Unten am Stewart ist doch ein Lager, und Dawson selbst können Sie im Laufe von achtzehn Tagen erreichen.«

»Warum ist Amos Wentworth denn nicht hingegangen?« fragte sie in einem an Hysterie grenzenden Wutanfall.

»Ich habe nicht die Ehre, den Herrn zu kennen«, gab Kid zur Antwort. »Was macht er denn?«

»Nichts, gar nichts ... aber er ist der einzige, der keinen Skorbut hat. Und warum hat er ihn nicht bekommen? Das will ich Ihnen erzählen ... nein ... ich will es lieber nicht ...« Die dünnen Lippen, die so ausgezehrt waren, daß sie fast durchsichtig erschienen, preßten sich so fest zusammen, daß Kid sich einbildete, die Zähne nebst ihren Wurzeln sehen zu können. »Und was hätte es auch genützt? Was weiß ich? Ich bin nicht so blöd! Unsere Depots sind voll von Fruchtsäften und eingekochten Gemüsen. Wir sind besser gegen den Skorbut geschützt als alle anderen Lager in ganz Alaska. Es gibt keine Sorte von Gemüsen, Obst und Nüssen, die wir nicht in Mengen hätten ... und wie!«

»Da hat sie dir eins ausgewischt, Kid«, rief Kurz eifrig. »Hier geht es aber um eine Tatsache und nicht um Theorien. Du sagst, Gemüse heilt! Hier ist Gemüse genug ... aber wo bleibt die Heilung?«

»Es gibt anscheinend keine Erklärung, das räume ich ja ein«, gestand Kid. »Aber dennoch gibt es kein Lager in ganz Alaska wie dieses. Ich habe früher schon Skorbut gesehen ... vereinzelte Fälle hie und da. Aber ich habe nie ein ganzes Lager angegriffen gesehen und auch nie so furchtbare Fälle wie hier. Damit kommen wir jedoch nicht weiter, Kurz! Wir müssen jedenfalls für die Leute tun, was wir können, aber zuerst wollen wir uns selber einrichten und für unsere Hunde sorgen. Wir werden Sie morgen wieder besuchen ... Frau Sibley.«

»Fräulein Sibley«, fauchte sie. »Und nun hören Sie, junger Mann, was ich Ihnen sage! Wenn Sie hier herumlungern, den Idioten spielen und uns so eine Doktormixtur geben wollen, dann werde ich Sie mit Kugeln durchlöchern, daß Sie wie ein Sieb aussehen.«

»Sie ist wirklich reizend, die göttliche Seherin«, lachte Kid, als er und Kurz durch die Dunkelheit nach der leeren Hütte tappten, die sie zuerst betreten hatten. Sie konnten hier feststellen, daß sie bis vor kurzem von zwei Männern bewohnt gewesen war. Vermutlich waren es die beiden Selbstmörder gewesen, deren Leichen sie gefunden hatten. Sie untersuchten das Depot und fanden, daß es mit ungeahnten Mengen von Lebensmitteln versehen war, die alle eingemacht, pulverisiert, gedämpft, kondensiert oder gedörrt waren.

»Wie in aller Teufel Namen haben die Leute sich den Skorbut geholt?« fragte Kurz und zeigte auf die kleinen Pakete mit pulverisierten Eiern und italienischen Champignons.

»Sieh dir mal das an ... und das da!« Er zog Büchsen mit Tomaten und Mais und Gläser mit gefüllten Oliven hervor. »Und dabei hat selbst die göttliche Lenkerin Skorbut bekommen. Was sagst du dazu?«

»Lenkerin ... wie kommst du darauf?« fragte Kid.

»Na, ganz einfach«, antwortete Kurz. »Hat sie nicht ihre Schafe nach diesem verdammten Loch gelenkt?«

Am nächsten Morgen, als es hell geworden war, sah Kid einen Mann, der ein mächtiges Bündel Brennholz trug. Es war ein kleiner Kerl, aber er war sauber gekleidet und sah recht keck aus. Trotz der schweren Bürde bewegte er sich rasch und leicht. Kid fühlte unwillkürlich einen gewissen Unwillen gegen ihn.

»Was ist mit Ihnen los?« fragte er.

»Gar nichts«, antwortete der Kleine.

»Das dachte ich mir schon«, erklärte Kid. »Eben deshalb habe ich gefragt. Dann sind Sie also Amos Wentworth. Aber sagen Sie mir, warum in aller Welt haben Sie keinen Skorbut gekriegt, wie alle andern?«

»Weil ich mir tüchtig Bewegung gemacht habe«, lautete die rasche Antwort. »Die andern hätten ihn auch nicht zu kriegen brauchen, wenn sie sich nur ein bißchen Bewegung gemacht und gearbeitet hätten. Warum haben sie das nicht getan? Sie haben nur gemurrt, gemeckert und geschimpft, weil es kalt und die Nächte zu lang und das Leben zu schwer war, haben über ihre Schmerzen und Leiden und über alles mögliche geklagt. Sie haben tagsüber in ihren Betten gepennt, bis sie so aufgedunsen waren, daß sie sie überhaupt nicht mehr verlassen konnten. Das ist die ganze Geschichte. Sehen Sie mich an! Ich habe geschuftet. Kommen Sie nur mit in meine Hütte.«

Kid folgte ihm.

»Schauen Sie sich nur ruhig um! Alles blitzblank, nicht? Was sagen Sie nun? Alles pikfein und sauber! Ich würde auch die Späne und das Sägemehl nicht auf dem Boden liegenlassen, wenn es nicht warm hielte ... aber es sind saubere Späne und sauberes Sägemehl, kann ich Ihnen sagen. Schauen Sie sich mal den Fußboden in den andern Hütten an, Verehrtester! Sauställe, sag ich Ihnen. Ich pflege auch nicht von ungewaschenen Tellern zu futtern. Nee, besten Dank, Verehrtester. Aber es heißt arbeiten, und gearbeitet hab' ich wie ein Vieh, und deshalb hab' ich auch keinen Skorbut gekriegt! Darauf können Sie sich verlassen, Verehrtester!«

»Da haben Sie offenbar den Nagel auf den Kopf getroffen«, gab Kid zu. »Aber ich sehe, daß Sie hier nur ein Bett haben ... Warum sind Sie so ungesellig?«

»Weil es mir lieber so ist! Es ist leichter, nach einem sauber zu machen als nach zweien. Die stinkfaulen Pennbrüder! Kein Wunder, daß sie Skorbut gekriegt haben.«

Das klang ja alles sehr überzeugend, aber Kid konnte sich dennoch nicht von einem Gefühl des Unbehagens dem Mann gegenüber befreien.

»Was hat Laura Sibley eigentlich gegen Sie?« fragte er plötzlich.

Amos Wentworth warf ihm einen raschen Blick zu. »Die ist ja verrückt«, antwortete er. »Im übrigen sind ja alle verrückt ... aber der Himmel bewahre mich vor Leuten, deren Verrücktheit darin besteht, daß sie die Teller, von denen sie gefressen haben, nicht abwaschen wollen, und von der Sorte sind all die Trottel hier.«

Wenige Minuten später sprach Kid mit Laura Sibley. Auf zwei Stöcke gestützt, humpelte sie im Lager herum und war vor Wentworth' Hütte stehengeblieben.

»Was haben Sie eigentlich gegen Wentworth?« fragte er ganz unvermittelt, als er sich mit ihr unterhielt. Die Frage kam so unerwartet, daß sie nicht darauf vorbereitet sein konnte.

Ihre grünen Augen blitzten erbost auf, ihr ausgemergeltes Gesicht verzerrte sich vor Wut, und ihre wunden Lippen konnten nur mit Mühe einen unbeherrschten, unbesonnenen Ausbruch zurückhalten. Aber sie gab nur ein hörbares Stöhnen und einige unverständliche Laute von sich. Dann gelang es ihr, sich durch eine furchtbare Willensanspannung zu beherrschen.

»Weil er gesund geblieben ist«, ächzte sie. »Nur weil er keinen Skorbut gekriegt hat! Weil er keinem von uns die geringste Hilfe leisten will! Weil er uns verrecken läßt, ohne einen Finger zu rühren, um uns Wasser oder Brennholz zu bringen! So ein Biest ist er. Das ist alles. Aber er soll sich in acht nehmen.«

Stöhnend und ächzend humpelte sie weiter. Als Kid aber fünf Minuten später aus seiner Hütte trat, um die Hunde zu füttern, sah er, wie sie sich in die Hütte von Amos Wentworth schlich.

»Hier stimmt etwas nicht, Kurz, das ist todsicher«, sagte er und schüttelte düster den Kopf, als sein Kamerad zur Tür herauskam, um einen Eimer mit Abwaschwasser auszugießen.

»Zweifle gar nicht daran«, antwortete Kurz gut gelaunt. »Und wir beide werden den Dreck auch noch kriegen – du wirst schon sehen.«

»Ich meine gar nicht den Skorbut.«

»Ach so, du meinst die göttliche Lenkerin. Die würde selbst einen Toten ausziehen, wenn sie was davon hätte! Sie ist das gierigste Frauenzimmer, das ich je gesehen habe.«

»Es ist nur die Bewegung, Kurz, die uns beide gesund hält. Und dadurch ist auch Wentworth gesund geblieben. Du siehst ja, wie es den andern ergangen ist, weil sie nicht für Bewegung gesorgt haben. Jetzt müssen wir also den Patienten hier Bewegung verordnen. Ich ernenne dich hiermit zur Oberschwester.«

»Was sagst du? Ausgerechnet mich?« rief Kurz entgeistert. »Ich lege das Amt nieder.«

»Nein, das tust du nicht. Ich werde dir schon behilflich sein, denn es wird ja wahrscheinlich keine Sinekure werden. Wir wollen sie schon springen lassen. Zuallererst müssen sie ihre Toten begraben. Die kräftigsten stecken wir in die Begräbnisschicht. Die zweitstärksten kommen in die Holzfällerschicht ... Sie sind in ihren Betten geblieben, um Brennholz zu sparen ... und so geht's weiter. Dann kommt der Fichtentee. Den darfst du um Gottes willen nicht vergessen. Die Leute hier haben nie davon gehört.«

»Da werden wir ja genug zu tun haben«, grinste Kurz. »Aber ich glaube, daß wir selbst doch vorher ein paar Kugeln in den Bauch kriegen werden.«

»Du könntest recht haben ... zuerst wollen wir uns also damit beschäftigen«, sagte Kid. »Nur los.«

Im Laufe der nächsten Stunde machten sie die Runde durch sämtliche zwanzig Häuser. Die gesamte Munition, alle Stutzen, Schrotbüchsen und Revolver wurden beschlagnahmt.

»Hört mal, ihr Invaliden«, rief Kurz den Kranken zu, »her mit den Schießprügeln! Wir brauchen sie.«

»Wer sagt denn das?« wurde gleich in der ersten Hütte gefragt.

»Zwei Ärzte aus Dawson«, gab Kurz zur Antwort. »Und was die sagen, wird getan. Nur her damit! Her mit eurer Munition!«

»Was wollt ihr denn damit?«

»Einen kleinen Feldzug gegen Büchsenfleisch unternehmen, das den Canjon heraufmarschiert ... Und ich rate euch, gut aufzupassen, denn es steht eine Überschwemmung von Fichtentee bevor. Also los.«

Und das war nur der Anfang des ersten Tages. Mit Hilfe von Überredungskunst und Kommandieren, und hin und wieder auch mit Gewalt, gelang es ihnen, die Männer aus den

Betten zu jagen und sie so weit zu bringen, daß sie sich anzogen. Kid suchte sich die leichtesten Fälle für die Beerdigungsschicht heraus. Eine zweite Schicht erhielt den Befehl, Holzscheite herbeizuschaffen, mit denen die Gräber durch den Schnee bis zur gefrorenen Erde gebrannt wurden. Eine dritte Schicht mußte Brennholz schlagen und es unparteiisch in den Hütten verteilen. Wer zu schwach war, um ins Freie zu gehen, mußte die Hütten säubern, Fußböden schrubben und Kleider waschen. Eine besondere Schicht mußte Fichtenzweige in Mengen sammeln; sämtliche Öfen wurden geheizt, damit man genügend Fichtentee zubereiten konnte.

Aber was Kurz und Kid auch taten, die Lage blieb doch äußerst ernst und unbehaglich. Mindestens dreißig schlimme und offenbar unheilbare Kranke mußten sie in den Betten liegenlassen, nachdem sie mit Grauen und Ekel ihren Zustand geprüft hatten. In Laura Sibleys Hütte starb eine der Frauen. Aber strenge Maßnahmen waren ja unter den gegebenen Verhältnissen unvermeidlich.

»Es geht mir gegen den Strich, kranke Leute zu verhauen«, erklärte Kurz und ballte drohend die Fäuste. »Aber ich würde ihnen den Kopf abschlagen, wenn ich sie dadurch heilen könnte. Und was euch Taugenichtsen not tut, ist Dresche! Also los! Heraus aus den Decken und etwas willig, oder ich mache eure schönen Gesichter zu Apfelmus.«

Alle Arbeitsschichten stöhnten, seufzten und schluchzten. Und die Tränen strömten ihnen aus den Augen und gefroren noch während der Arbeit auf den Wangen zu Eiszapfen.

Als die Arbeiter dann gegen Mittag in die Hütten zurückkehrten, fanden sie anständig zubereitetes Essen, das die schwächeren Leute inzwischen unter Kids und Kurz' Fuchtel und Anleitung gekocht hatten, auf den Tischen vor.

»Und jetzt genug für heute«, sagte Kid gegen drei Uhr nachmittags. »Jetzt ist Schluß! Geht zu Bett! Ihr fühlt euch natürlich sehr schlecht, aber morgen wird es schon besser gehen. Selbstverständlich ist es kein Spaß, wieder gesund zu werden, aber ich werde euch schon zurechtkriegen.«

»Zu spät«, erklärte Wentworth mit einem leisen Lächeln, als er Kids Bemühungen betrachtete. »Sie hätten schon letzten Herbst auf diese Weise anfangen müssen.«

»Kommen Sie mal mit«, antwortete Kid. »Nehmen Sie die beiden Eimer hier. Ihnen fehlt ja nichts.«

Dann gingen die drei Männer von Hütte zu Hütte und flößten jedem einen ganzen Liter Fichtentee ein. So ganz leicht ging das freilich nicht.

»Ihr könnt sicher sein, daß wir nicht spaßen«, erklärte Kid dem ersten Widerspenstigen, der in seinem Bett auf dem Rücken liegenblieb und mit zusammengebissenen Zähnen ächzte. »Pack an, Kurz!« Kurz faßte den Patienten an der Nase und gab ihm mit der andern Hand einen Stoß in das Zwerchfell, daß er den Mund öffnen mußte. »So, und jetzt hinunter damit.«

Und hinunter kam der Fichtentee, wenn der Patient auch die unvermeidlichen prustenden und röchelnden Laute von sich gab.

»Nächstes Mal wird es schon besser gehen«, tröstete Kurz das Opfer, während er den Mann im Nebenbett an der Nase packte.

»Ich für mein Teil würde ja lieber Rizinus nehmen«, gestand Kurz vertraulich, bevor er die eigene Portion hinunterwürgte. »Lieber Gott!« war alles, was er laut sagen konnte, als er den bitteren Trank eingenommen hatte. »Klein wie ein Mäuschen, aber stark wie ein Elefant ... das hat's in sich.«

»Wir werden diese Fichtenteerunde viermal täglich machen, und jedesmal müssen achtzig Personen betreut werden«, teilte Kid Laura Sibley mit. »Wir haben also keine Zeit, Allotria zu treiben ... Wollen Sie den Tee schlucken oder soll ich Sie an die Nase fassen?« Er hob Daumen und Zeigefinger in sehr beredter Weise. »Er ist ja aus Fichtennadeln hergestellt, der Tee, so daß Sie sich keine Gewissensbisse zu machen brauchen.«

»Gewissensbisse!« prustete Kurz. »Bei Gott im Himmel, nein ... es ist eine himmlische Medizin.«

Laura Sibley zögerte immer noch. Sie verschluckte jedoch, was sie sagen wollte.

»Na? Wird's?« fragte Kid barsch.

»Ich werde ... werde es ja schon nehmen«, sagte sie zitternd. »Aber machen Sie schnell.«

Als es Abend wurde, krochen Kid und Kurz ins Bett, müder, als sie selbst nach den längsten Schlittenfahrten und Wanderungen je gewesen.

»Es macht mich ganz krank«, gestand Kid. »Es ist furchtbar, wie sie dabei leiden. Aber Bewegung ist wirklich das einzige Mittel, das ich weiß, und wir müssen es natürlich gründlich versuchen. Ich möchte nur, wir hätten einen einzigen Sack Kartoffeln.«

»Sparkins kann nicht mehr Teller abwaschen«, sagte Kurz. »Er hat solche Schmerzen, daß er schwitzt. Ich mußte ihn wieder ins Bett bringen, so hilflos war der arme Kerl.«

»Wenn wir nur rohe Kartoffeln hätten«, spann Kid seinen Gedanken weiter. »Das Entscheidende, das Wesentliche fehlt in dem eingemachten Fraß. Das, was Leben schafft, ist einfach herausgekocht.«

»Und wenn der junge Bengel, der Jones aus der Hütte von Brownlow, nicht abkratzt, ehe es Morgen wird, kannst du mich einen Affen schimpfen.«

»Um Gottes willen, sei doch nicht solch Schwarzseher!« rügte Kid.

»Wir werden ihn wohl begraben dürfen, nicht wahr?« fauchte Kurz entrüstet. »Ich sage dir, dem jungen Burschen geht es verdammt dreckig.«

»Halt's Maul«, rief Kid.

Nachdem Kurz noch ein paarmal entrüstet gegrunzt hatte, schlief er unter lautem Schnarchen ein.

Am nächsten Morgen zeigte es sich, daß nicht nur Jones tatsächlich im Laufe der Nacht gestorben war, sondern auch einer der Kräftigeren, der in der Brennholzschicht gearbeitet hatte. Er hatte sich aufgehängt. Und jetzt begann eine Reihe von Tagen, die ein wahrer Alpdruck waren. Eine ganze Woche gelang es Kid noch, seine Bestimmungen in bezug auf Fichtentee und Bewegung durchzuführen, obgleich er sich sehr hart machen mußte, um es erzwingen zu können. Er war aber doch genötigt, bald einen, bald mehrere der Kranken von der Arbeit zu befreien. Allmählich sah er ein, daß Bewegung ungefähr das schlimmste Mittel war, das man Skorbutkranken empfehlen konnte. Die Beerdigungsschicht, die täglich kleiner wurde, hatte unaufhörlich Arbeit genug und mußte jetzt immer ein halbes Dutzend Gräber in Bereitschaft halten, die auf ihre Opfer warteten.

»Sie hätten auch keinen schlechteren Platz für das Lager wählen können als diesen«, sagte Kid zu Laura Sibley. »Sehen Sie sich nur um ... er liegt tief unten in einer engen Schlucht, die von Osten nach Westen geht. Die Mittagssonne steigt nie über den Rand der Schlucht empor. Es muß ja Monate her sein, daß Sie überhaupt die Sonne gesehen haben.«

»Aber wie konnte ich das wissen?«

Er zuckte die Achseln. »Ich weiß eigentlich nicht, warum Sie es nicht hätten wissen sollen, wenn Sie imstande waren, hundert Verrückte nach einer Goldmine zu führen.«

Sie warf ihm einen bösen Blick zu und humpelte weiter. Als er einige Minuten später von einem Spaziergang nach der Stelle zurückkehrte, wo eine Schicht ächzender Patienten Fichtenzweige sammelte, sah er die Seherin in die Hütte Amos Wentworth' treten und folgte ihr. Noch vor der Tür hörte er ihre Stimme wimmern und betteln.

»Nur für mich«, bat sie, als Kid eintrat. »Ich werde es keiner Seele verraten.«

Beide starrten den Ankömmling eigentümlich schuldbewußt an, und Kid hatte den Eindruck, daß er dicht vor einer Entdeckung stand, wenn er auch nicht wußte, um was es ging, und er fluchte sich, daß er nicht an der Tür gehorcht hatte.

»Heraus damit!« befahl er barsch. »Was ist los?«

»Was soll los sein?« fragte Amos Wentworth mürrisch.

Kid konnte aus guten Gründen keine nähere Erklärung geben, was los sein sollte.

Die Lage wurde immer unheimlicher. In der Tiefe der dunklen Schlucht, wo nie die Sonne hereinschien, stieg die Sterbeliste von Tag zu Tag. Und täglich untersuchten Kid und Kurz gegenseitig ihren Mund, aus Furcht, daß der Gaumen und die Schleimhäute anfangen sollten, weiß zu werden ... das erste sichere Zeichen, daß sie von der Krankheit befallen wären.

»Jetzt hab' ich genug«, erklärte Kurz eines Abends. »Ich hab' mir die Sache genau überlegt. Ich hab' genug davon. Ich mache gern mit, wenn es gilt, Sklaven an die Arbeit zu treiben, aber Krüppel anzutreiben, ist mehr, als mein Magen verträgt. Es wird immer schlimmer mit ihnen! Es sind im ganzen kaum noch zwanzig Mann, die ich an die Arbeit treiben kann. Ich sagte heute abend zu Jackson, daß er ruhig wieder ins Bett kriechen sollte. Er stand am Rande des Selbstmords. Ich konnte es ihm direkt ansehen. Bewegung tut nicht gut.«

»Das hab' ich auch eingesehen«, antwortet Kid.

»Wir werden sie alle von der Arbeit befreien mit Ausnahme von einem Dutzend, die uns helfen müssen. Sie können sich ja ablösen. Und dann wollen wir mit dem Fichtentee aufhören. Der hilft auch nichts.«

»Ich bin fast derselben Ansicht«, seufzte Kid. »Aber er schadet ihnen jedenfalls nichts.« –

»Wieder ein Selbstmord«, berichtete Kurz am nächsten Morgen. »Philipps hat Schluß gemacht. Ich hab' es schon seit Tagen kommen sehen.«

»Ja, wir haben das Schicksal jetzt gegen uns«, klagte Kid. »Was würdest du vorschlagen, Kurz?«

»Wer? Ich? Ich gebe mich nicht mit Vorschlägen ab. Die Sache muß eben ihren schiefen Gang weitergehen.«

»Aber das würde bedeuten, daß alle sterben«, protestierte Kid.

»Mit Ausnahme von Wentworth«, knurrte Kurz ärgerlich, denn er teilte schon längst den Unwillen seines Partners gegen diesen Menschen.

Kid war ganz verblüfft über den immer noch guten Zustand Wentworth', der unter den gegebenen Verhältnissen das reine Wunder schien. Warum in aller Welt war er der einzige, der keinen Skorbut bekam? Und warum haßte Laura Sibley ihn ... während sie doch gleichzeitig winselte und bettelte und ihn anflehte, um irgend etwas Geheimnisvolles von ihm zu bekommen? Was war dieses Geheimnisvolle, das sie von ihm erhalten und das er ihr nicht geben wollte? Kid hatte sich daran gewöhnt, hin und wieder einen Besuch in der Hütte Wentworth' abzustatten, wenn der seine Mahlzeiten einnahm. Aber das einzige Verdächtige, das er feststellen konnte, war lediglich Wentworth' Mißtrauen gegen ihn. Bei der nächsten Gelegenheit versuchte er, Laura Sibley auszufragen.

»Rohe Kartoffeln würden ja die ganze Gesellschaft kurieren«, bemerkte er zu der Seherin. »Das weiß ich. Ich habe schon früher gesehen, wie gut sie tun.«

In ihren Augen blitzte Zustimmung auf, wurde aber sofort von Haß und Bitterkeit verdrängt. Er merkte, daß er auf die richtige Spur gekommen war.

»Warum haben Sie keine rohen Kartoffeln auf dem Dampfer mitgebracht?«

»Das taten wir ja auch. Als wir aber den Fluß heraufkamen, verkauften wir sie in Bausch und Bogen in Fort Yukon. Wir hatten ja reichlich Eingemachtes und wußten, daß es sich besser hielt.«

Kid stöhnte. »Und Sie haben wirklich alle verkauft?« fragte er.

»Ja. Wie konnten wir denn wissen ...«

»Nein ... aber blieben nicht vielleicht ein paar Säcke übrig? ... So ganz zufällig, wissen Sie ... irgendwo auf dem Dampfer versteckt?«

Es kam ihm vor, als zögerte sie ein bißchen, ehe sie den Kopf schüttelte.

»Aber wäre das nicht doch möglich?« beharrte er.

»Wie soll ich das wissen?« fauchte sie wütend. »Ich hatte nicht das Amt eines Proviantverwalters.«

»Das hatte wohl Amos Wentworth ...« Plötzlich fiel ihm die Möglichkeit ein. »... Gut, sehr gut ... aber was meinen Sie denn rein persönlich über diese Sache? Ganz unter uns. Glauben Sie, daß Wentworth irgendwo rohe Kartoffeln versteckt hält?«

»Nein ... sicher nicht ... warum sollte er?«

»Warum sollte er nicht?«

Aber sie zuckte nur die Achseln.

»Wentworth ist ein Sauvieh«, gab Kurz seine Meinung von der Sache kund, als Kid ihm seinen Verdacht mitgeteilt hatte.

»Und das ist Laura Sibley auch«, fügte Kid hinzu. »Sie glaubt, daß er Kartoffeln hat, hält es aber geheim, weil sie hofft, daß er mit ihr teilen werde.«

»Und er will nicht?« Kurz fluchte der Schwäche des menschlichen Charakters mit ausgesuchten Verwünschungen, bis er kaum noch japsen konnte.

Als es Nacht geworden war und das ganze Lager schnarchte und ächzte oder stöhnte, ohne schlafen zu können, suchte Kid die bereits dunkle Hütte Wentworth' auf.

»Hören Sie mal, Wentworth«, sagte er. »Ich habe in diesem Beutel genau tausend Dollar in Goldstaub. Ich gelte als ein reicher Mann hier im Lande und kann es mir leisten. Ich fürchte, daß ich auch angesteckt worden bin … Geben Sie mir eine rohe Kartoffel, und der Staub gehört Ihnen. Hier … nehmen Sie.« Es schauderte Kid, als Amos Wentworth wirklich die Hand ausstreckte und das Gold nahm. Kid hörte ihn in seinem Bett herumwühlen und dann merkte er, wie ihm … nicht das Gold, sondern eine richtige Kartoffel in die Hand gedrückt wurde.

Kid wartete den nächsten Morgen nicht ab. Er und Kurz fürchteten, daß die zwei am meisten angegriffenen ihrer Patienten jeden Augenblick sterben würden, und sie suchten deshalb deren Hütten auf. Sie zerrieben die Kartoffel im Werte von tausend Dollar mit der Schale und dem Schmutz, der daran klebte, in einer Tasse und träufelten von dieser breiigen Masse jede Stunde ein wenig in die furchtbaren Löcher, die einst Münder gewesen waren. Die ganze Nacht hindurch lösten sie einander ab, so daß sie den Patienten in regelmäßigen Zwischenräumen den Kartoffelsaft einflößen konnten.

Als der nächste Tag zu Ende ging, schien ihnen die Besserung im Zustande der Patienten fast wunderbar. Sie waren schon nicht mehr die Kränksten. Und als die Kartoffel nach achtundvierzig Stunden verbraucht war, waren die beiden Patienten außer Gefahr, wenn auch noch längst nicht geheilt.

»Ich will Ihnen sagen, was ich jetzt tun möchte«, sagte Kid zu Wentworth. »Ich besitze viele Grundstücke hier im Lande, und mein Kredit ist so gut wie nur einer. Ich gebe Ihnen fünfhundert Dollar für jede Kartoffel bis zum Gesamtbetrag von fünfzigtausend Dollar. Also für insgesamt hundert Kartoffeln.«

»War das aller Staub, den Sie hatten?« fragte Wentworth.

»Kurz und ich haben alles zusammengescharrt, was wir bei uns hatten. Aber, offen gesagt, er und ich sind zusammen mehrere Millionen schwer.«

»Ich habe keine Kartoffeln mehr«, sagte Wentworth schließlich. »Es ist wirklich schade. Die Kartoffel, die ich Ihnen gab, war die einzige ... Ich habe sie den ganzen Winter über aufbewahrt, aus Angst, daß ich Skorbut kriegen würde. Ich habe sie nur abgegeben, um mir eine Fahrkarte kaufen und das Land verlassen zu können.«

Obgleich die beiden Patienten keinen Kartoffelsaft mehr bekamen, hielt die Besserung noch am dritten Tage an. Die Fälle aber, die nicht behandelt worden waren, wurden unterdessen immer schlimmer. Am vierten Morgen wurden vier gräßlich aussehende Leichen begraben. Kurz machte alles geduldig mit, aber dann wandte er sich zu Kid und sagte:

»Du hast jetzt deine Methode versucht. Jetzt bin ich an der Reihe.«

Er ging direkt in die Hütte Wentworth'. Er hat aber später nie – nicht einmal Kid – berichtet, was dort vor sich ging. Er kam jedoch mit zerschlagenen, wunden Knöcheln wieder zum Vorschein, und das Gesicht Wentworth' wies nicht nur alle Anzeichen einer ziemlich unfreundlichen Behandlung auf, er trug auch längere Zeit den Kopf schief und hatte einen steifen Hals. Diese eigentümliche Haltung war zum Teil verständlich, wenn man die vier blauen und schwarzen Flecke auf der einen und einen blauschwarzen Fleck auf der andern Seite seiner Kehle bemerkte. Es waren ganz deutliche Spuren von Fingern.

Hierauf begaben Kid und Kurz sich nach der Hütte Wentworth'. Ihn selbst warfen sie in den Schnee hinaus, während sie alles in seiner Hütte auf den Kopf stellten. Laura

Sibley half ihnen mit dem Eifer einer Verrückten beim Suchen.

»Du kriegst nicht soviel, wie auf meiner Hand liegen kann, altes Mädchen, und wenn wir eine ganze Tonne finden«, versicherte Kurz ihr.

Aber sie sollte ebenso enttäuscht werden wie Kid und Kurz. Sie fanden nicht das geringste, obgleich sie sogar den Boden aufbrachen.

»Ich bin dafür, ihn über einem langsamen Feuer zu rösten, bis er nachgibt«, schlug Kurz vor.

Kid schüttelte abweisend den Kopf.

»Er ist doch ein Mörder«, erklärte Kurz. »Er tötet ja all die armen Trottel ebenso, wie wenn er ihnen mit einer Keule den Kopf zerschlüge.«

Und wieder verging ein Tag, an dem sie alle Bewegungen Wentworth' überwachten. Mehrmals näherten sie sich wie zufällig seiner Hütte, wenn er mit seinem Eimer ausging, um Wasser aus dem Bach zu holen, und jedesmal eilte er zurück, ehe er Wasser geschöpft hatte.

»Die Kartoffeln sind offenbar in seiner Hütte versteckt«, sagte Kurz. »So sicher, wie Gott das Mistzeugs geschaffen hat. Aber wo, zum Teufel, hat er sie denn? Wir haben doch wirklich alles auf den Kopf gestellt.« Er stand auf und zog sich die Fäustlinge an. »Ich werde sie finden, und wenn ich die Hütte abreißen sollte.«

Er sah Kid an, der mit einem abwesenden, nach innen gewandten Ausdruck dasaß und gar nicht zugehört hatte.

»Was ist denn mit dir los?« fragte Kurz empört. »Du wirst mir doch nicht erzählen wollen, daß du Skorbut gekriegt hast?«

»Ich versuche mich an etwas zu erinnern.«

»An was denn?«

»Das weiß ich eben nicht. Das ist ja das Verfluchte. Es war etwas sehr Gutes, wenn ich mich nur entsinnen könnte.«

»Nun hör aber mal, Kid! Du vertrottelst doch wohl hier nicht allmählich?« sagte Kurz eindringlich. »Denk auch ein bißchen an mich! Laß deinen Gehirnapparat etwas schneller arbeiten. Komm und hilf mir die Hütte abreißen. Ich würde sie anzünden, wenn wir nicht riskierten, die Kartoffeln dabei mitzubraten.«

»Ich hab's«, rief Kid und sprang auf. »Das war es eben, an das ich mich zu erinnern suchte. Wo steht die Petroleumkanne? Ich bin dabei, Kurz. Die Kartoffeln kriegen wir schon.«

»Was ist es denn?«

»Warte nur ab, mein Junge, dann wirst du schon sehen«, neckte ihn Kid.

Kurz darauf schlichen die beiden Männer – im blaßgrünen Schein des Nordlichts – nach der Hütte von Amos Wentworth. Lautlos und vorsichtig gossen sie Petroleum über die Balken und besonders sorgfältig über Tür und Fensterrahmen. Dann strichen sie ein Zündholz an, blieben stehen und sahen zu, wie das brennende Öl sich ausbreitete.

Sie sahen, wie Wentworth aus der Hütte stürzte, mit wildem Schrecken die Feuersbrunst anstarrte und dann wieder hineinstürmte. Kaum eine Minute war vergangen, als er wiederkam ... diesmal aber ganz langsam und tief gebückt unter der Last, die er auf seinem Rücken trug. Es war ganz unverkennbar ein schwerer Sack. Kid und Kurz sprangen wie ein paar hungrige Wölfe auf ihn los. Sie trafen ihn gleichzeitig von links und rechts. Er brach zusammen unter dem Gewicht des Sacks, den Kid kräftig drückte, um den Inhalt mit Sicherheit festzustellen. Da merkte Kid, wie Wentworth' Arme seine Knie umfaßten, während der Mann ihm ein leichenfahles Gesicht zuwandte.

»Geben Sie mir ein Dutzend, nur ein Dutzend ... ein halbes Dutzend nur, dann überlasse ich Ihnen den Rest«, heulte er. Er bleckte die Zähne und wollte, halb verrückt vor Wut, Kid in die Beine beißen. Aber dann änderte er seinen Entschluß und begann zu betteln: »Nur ein halbes Dutzend«, wimmerte er. »Ich wollte sie Ihnen ja sowieso morgen geben. Ja, ja, morgen früh ... sie sind das Leben ... sie sind das Leben! Nur ein halbes Dutzend!«

»Wo ist der andere Sack?« bluffte ihn Kid.

»Den habe ich aufgegessen«, lautete die zweifellos aufrichtige Antwort. »Nur dieser Sack ist übriggeblieben. Geben Sie mir doch ein paar ... Sie können den ganzen Rest behalten.«

»Du hast sie aufgegessen?« brüllte Kurz. »Einen ganzen Sack voll! Und die armen Schlucker da drüben sterben, weil sie keine haben! Da hast du ... und hier ... und hier ... und da ... Du verfluchtes Dreckschwein ... du Lausebengel!«

Der erste Hieb riß Wentworth von Kids Beinen fort, die er noch immer umklammert hielt. Der nächste schlug ihn in den Schnee. Aber Kurz hieb immer wieder auf ihn los.

»Nimm deine Zehen in acht«, war das einzige, was Kid sagte.

»Ich brauche ja auch nur die Absätze«, antwortete Kurz. »Hol' mich der Teufel ... ich schlage ihm den Kopf in den Bauch hinein, daß er zwischen den eigenen Rippen herausguckt und glaubt, er sitze hinter schwedischen Gardinen. Ich schlage ihn zu Spinat ... Da ... und da ... Nur schade, daß ich Mokassins und keine Stiefel anhabe. Du stinkiges Mistschwein!«

Diese Nacht wurde im Lager wenig geschlafen. Stunde um Stunde machten Kid und Kurz die Runde und gossen den lebenserneuernden Kartoffelsaft in die kranken Schlünde der Bevölkerung. Jedesmal wurde nur ein viertel Löffel voll gegeben. Und den ganzen folgenden Tag setzten sie diese Arbeit fort, doch wechselten sie jetzt miteinander ab, um auch selbst etwas Schlaf zu bekommen.

Todesfälle gab es nicht mehr. Selbst die am schwersten Angegriffenen begannen, sich zu erholen, und zwar kam die Besserung so plötzlich, daß man staunen mußte. Am dritten Tage waren Männer, die viele Wochen lang nicht das Bett verlassen hatten, imstande, aufzustehen und herumzugehen, wenn auch nur auf Krücken. Und an diesem Tag war die Sonne, die schon seit zwei Monaten auf dem Anmarsch war, so liebenswürdig, zum ersten Male einen freundlichen Blick über den Rand der Schlucht zu werfen.

»Nicht so viel Kartoffeln, wie auf meiner bloßen Hand«, sagte Kurz zu dem wimmernden und flehenden Wentworth. »Sie haben ja gar keinen Skorbut. Sie haben einen ganzen Sack voll aufgefressen und sind also gegen Skorbut für die ersten zwanzig Jahre gefeit. Jetzt, nachdem ich Sie kennengelernt habe, verstehe ich erst den lieben Gott. Ich konnte nie begreifen, warum er den Teufel am Leben ließ. Jetzt weiß ich aber, warum. Er ließ ihn am Leben, genau wie ich Sie am Leben lasse. Aber es ist eigentlich ein Mordsskandal.«

»Nur einen freundschaftlichen Rat«, flüsterte Kid Wentworth zu. »Die Leute werden jetzt schnell gesund sein. Und Kurz und ich können nur noch eine Woche hierbleiben – dann gibt es keinen mehr, der Sie beschützen kann, wenn die Leute sich für Sie interessieren sollten. Dort geht der Weg! Nach Dawson sind es nur achtzehn Tage ...«

»Ja, machen Sie sich lieber dünne«, stimmte Kurz ihm bei, »sonst befürchte ich, daß das, was ich Ihnen so freundlich gegeben habe, nur ein bescheidener Vorgeschmack von dem sein wird, was Ihnen die andern Herren hier zuteilen werden.«

»Meine Herren, ich bitte Sie, schenken Sie mir doch Gehör«, heulte Wentworth. »Ich bin ja ganz fremd in diesem schrecklichen Land. Ich weiß nicht einmal den Weg! Ich kenne die Sitten hier nicht! Lassen Sie mich mit Ihnen gehen! Ich gebe Ihnen tausend Dollar, wenn Sie mich mit Ihnen reisen lassen.«

»Glaub' ich ja gern«, grinste Kid boshaft. »Aber meinetwegen, wenn Kurz nichts dagegen hat.«

»Wer? Ich?« Kurz erstarrte wie in einer ungeheuren Anspannung. »Ich? Ich bin ein Herr Garnichts. Ich bin nur ein Wurm, eine Made, ein bescheidener Bruder der kleinsten Kröte, das jüngste Kind von einem Brummer ... ich fürchte freilich weder, was kreucht noch was fleucht ... und bin auch sonst nicht sehr schüchtern. Aber mit einer solchen Mißgeburt reisen ... geh weg, Mann ... daß ich nicht kotze!«

Und Amos Wentworth mußte allein abreisen. Und allein mußte er seinen Schlitten ziehen, der mit genügend Proviant für die Fahrt nach Dawson beladen war. Eine Meile von dem Lager entfernt wurde er von Kurz eingeholt.

»Du ... komm mal her«, lautete Kurz' Gruß ... »Komm mal her ... ein bißchen fix! Her mit der Pinke!«

»Ich verstehe nicht, was Sie meinen«, erklärte Wentworth zitternd, denn er hatte die beiden Portionen Prügel noch nicht vergessen, die Kurz ihm gegeben hatte.

»Ich meine die tausend Dollar, verstanden, mein Herr? ... Die tausend Dollar, die Kid Ihnen als Bezahlung für die lausige kleine Kartoffel gegeben hat. Das war Wucher ... heraus damit!«

Wentworth warf ihm den Sack mit dem Goldstaub zu.

»Hoffentlich wirst du von einem Stinktier gebissen, du Schwein ... und kriegst echte Tollwut!« so lautete Kurz' letzter Abschiedsgruß an Amos Wentworth.

Die Geschichte eines kleinen Mannes

Wenn du nur nicht so verdammt eigensinnig wärst«, murrte Kurz. »Mir flößt der verdammte Gletscher da eine Hundeangst ein. Kein vernünftiger Mensch würde ganz allein mit so einem Biest anbinden.«

Kid lachte heiter und ließ den Blick über die blinkende Oberfläche des kleinen Gletschers schweifen, der den Eingang zu dem engen Tal versperrte. »Jetzt haben wir schon August, und in den zwei letzten Monaten sind die Tage immer kürzer geworden«, sagte er, um Kurz die Situation klarzumachen. »Du verstehst dich auf Quarz, und ich habe keine Ahnung davon. Aber ich kann den Proviant hierherschaffen, während du die Mutterader suchst. Also auf Wiedersehen solange. Morgen abend bin ich wieder da.«

Er drehte sich um und schickte sich zum Gehen an.

»Aber ich habe das Gefühl, daß etwas geschehen wird«, rief Kurz ihm nach.

Kid antwortete nur mit einem übermütigen Lachen und setzte seinen Weg durch das kleine Tal fort. Ab und zu wischte er sich den Schweiß von der Stirn. Im Gehen zertraten seine Stiefel die reifen Berghimbeeren und die zarten Farnkräuter neben den kleinen eisbedeckten Pfützen, die die Sonnenstrahlen noch nicht erreicht hatten.

Zeitig im Frühjahr waren Kurz und er den Stewart hinaufgezogen und hatten sich in das seltsame Chaos begeben, das diese Gegend kennzeichnete, wo auch der Überraschungssee lag. Und sie hatten den ganzen Frühling und den halben Sommer mit vergeblichen Wanderungen vergeudet. Bis sie endlich – als sie schon drauf und dran waren umzukehren – zum erstenmal die tückische Wasserfläche erblickten, die in ihrer Tiefe so viel Gold barg, und die eine ganze Generation von Goldsuchern verlockt und ins Unglück geführt hatte.

Sie ließen sich in der Hütte, die Kid bei seinem ersten Besuche gefunden hatte, häuslich nieder und entdeckten bald dreierlei.

Erstens, daß große Goldklumpen den Boden des Sees bedeckten, zweitens, daß man an den seichteren Stellen nach dem Golde tauchen konnte, daß aber die niedrige Temperatur des Wassers jeden Menschen töten mußte, und drittens, daß das Trockenlegen des Sees eine viel zu große Arbeit war, als daß zwei Männer sie im Laufe der kürzeren Hälfte eines an sich kurzen Sommers hätten ausführen können. Sie ließen sich dadurch aber nicht von ihrem Plan abschrecken. Und aus der Größe der Goldkörner zogen sie den Schluß, daß es nicht von weither kommen konnte. Sie begannen deshalb die Mutterader zu suchen. Sie überquerten den großen Gletscher, der düster und drohend am südlichen Rande des Sees lag, und widmeten ihre Kräfte zunächst einer genauen Untersuchung des verworrenen Labyrinths von kleinen Tälern und Canjons, die in einer sehr wenig gebirgsmäßigen Weise nach dem See führten oder einst geführt hatten.

Das Tal, in das Kid jetzt hinabstieg, erweiterte sich allmählich nach Art jedes normalen Tales. Aber sein unteres Ende wurde ganz unerwartet von hohen und schroffen Wänden eingeengt, um plötzlich von einer Querwand ganz versperrt zu werden. Am Fuße dieser Wand verschwand das Bächlein in einem Tohuwabohu von Felsen und fand offenbar seinen Ablauf irgendwo unter der Oberfläche. Als Kid die Felswand erklommen hatte, sah er vom Gipfel aus den See tief unter sich liegen. Im Gegensatz zu andern Bergseen, die er gesehen hatte, war dieser nicht blau, sondern von intensiver pfauengrüner Farbe, und er schloß daraus, daß er sehr seicht sein mußte; diese Seichtheit ermöglichte es eben, ihn trockenzulegen. Zu allen Seiten war der See von einem Gewirr von Bergen umgeben, deren eisglitzernde Zinnen und Gipfel groteske Gestalten und Gruppen bildeten. Es war alles chaotisch und planlos anzusehen ... fast wie der böse Traum eines Doré. So phantastisch und unwirklich erschien ihm das ganze Bild, daß es auf Kid eher den Eindruck machte, ein landschaftlicher Witz des Schöpfers als ein vernünftiger Teil der Erdoberfläche zu sein. In den Canjons sah er viele Gletscher ... die meisten waren freilich ziemlich klein, aber während er noch dastand, kalbte vor seinen Augen ein größerer

34

am nördlichen Ufer des Sees unter Getöse und Schaumspritzern. Am gegenüberliegenden Ufer des Sees – scheinbar nur eine halbe Meile, in Wirklichkeit aber, wie er wußte, mehr als fünf Meilen entfernt – konnte er den kleinen Fichtenhain und die Hütte sehen. Er spähte noch einmal, um seiner Sache sicher zu sein, hinüber und sah ganz deutlich Rauch aus dem Schornstein aufsteigen. Er überlegte sich, daß irgend jemand offenbar ganz unerwartet den See gefunden haben mußte. Dann wandte er sich ab, um die südliche Wand zu erklettern.

Von deren Gipfel gelangte er in ein kleines Tal, das von bunten Blumen und dem schläfrigen Summen der Bienen erfüllt war. Dieses Tälchen benahm sich ganz wie andere Täler, jedenfalls insofern, als es in traditioneller Weise nach dem See führte. Aber doch stimmte seine Länge nicht, denn es war kaum hundert Schritt lang. Es begann an einer Felswand, die mindestens tausend Fuß hoch war und von der ein Bach sich wie ein Nebelschleier ins Tal stürzte.

Und wieder sah er hier Rauch. Diesmal stieg er jedoch irgendwo hinter einem vorspringenden Felsblock träge durch den warmen Sonnenschein. Als Kid um den Felsen bog, hörte er das metallische Geräusch von Hammerschlägen und ein heiteres Pfeifen, das den Takt markierte. Dann sah er einen kleinen Mann, der einen Schuh mit der Sohle nach oben zwischen den Knien hielt und große Bergsteigernägel hineinschlug.

»Donnerwetter«, lautete der Gruß des Fremden, und sofort schloß Kid den kleinen Mann in sein Herz. »Sie kommen gerade rechtzeitig, um einen Happen mitzuessen. Hier ist Kaffee genug im Topf, ein paar kalte Pfannkuchen und ein bißchen Pemmikan.«

»Ich wäre ein Esel, wenn ich ein so freundliches Angebot ablehnen würde«, erklärte Kid und nahm Platz.

»Bei den letzten Mahlzeiten habe ich ein bißchen sparen müssen. Aber sonst haben wir Lebensmittel genug in der Hütte drüben.«

»Auf der andern Seite des Sees? Da wollte ich ja eben hin.«

»Es sieht aus, als sei der Überraschungssee plötzlich volkstümlich geworden«, klagte Kid, während er die Kaffeekanne leerte.

»Der Überraschungssee? ... Na hören Sie mal, Sie machen doch Spaß, nicht wahr?« sagte der Mann, und auf seinem Gesicht malte sich Erstaunen.

Kid lachte. »Ja, so wirkt der See auf alle. Sehen Sie die Felsterrasse drüben? Von dort habe ich den See zum erstenmal gesehen. Ganz unverhofft. Auf einmal sah ich den ganzen See vor mir liegen. Und ich hatte es damals schon aufgegeben, ihn überhaupt je zu finden.«

»So ging es mir auch«, stimmte der andere ihm bei. »Ich wollte gerade umkehren und hatte gedacht, heute abend den Stewart zu erreichen, als ich plötzlich den See entdeckte. Aber wenn das da der Überraschungssee ist, wo zum Teufel ist dann der Stewart? Und wo bin ich die ganze Zeit gewesen? Und wie sind Sie hierhergekommen? Und wie heißen Sie eigentlich?«

»Bellew ... Kid Bellew.«

»Oh, dann kenne ich Sie ja.« Die Augen und das ganze Gesicht des kleinen Mannes leuchteten vor heller Freude, und er reichte Kid eifrig die Hand.

»Ich habe schon allerlei von Ihnen gehört.«

»Sie lesen vermutlich die Polizeinachrichten?« fragte Kid bescheiden.

»Nee, doch nicht«, lachte der Mann und schüttelte den Kopf. »Nur die Tagesgeschichte von Klondike. Ich hätte Sie ja gleich erkannt, wenn Sie glattrasiert gewesen wären. Ich war mit dabei und habe Sie gesehen, als Sie das ganze Spielergesindel mit der Roulette im ›Elch‹ zum besten hielten. Ich heiße Carson – Andy Carson. Und ich kann gar nicht sagen, wie ich mich freue, daß ich Sie getroffen habe.«

Er war ein kleiner schlanker Mann, hatte aber Muskeln wie Stahl, lebhafte blaue Augen und eine anziehende, kameradschaftliche Art.

»Und das hier ist also wirklich der Überraschungssee?« murmelte er ungläubig.

»Ganz gewiß.«

»Und sein Boden ist mit Gold gepflastert?«

»Vollkommen richtig. Hier sehen Sie ein paar von den Pflastersteinen.« Kid steckte die Hand in die Hosentasche und zog ein halbes Dutzend Goldklumpen heraus. »So sehen die Dinger aus. Sie brauchen also nur zu tauchen – einfach ins Blinde – und können eine ganze Handvoll sammeln. Dann müssen Sie freilich nachher eine halbe Meile laufen, um den Blutumlauf wieder in Ordnung zu bringen.«

»Hol' mich der Teufel, da sind Sie mir also zuvorgekommen«, fluchte Carson launig, aber er war ganz offensichtlich sehr enttäuscht. »Und ich bildete mir schon ein, daß ich die ganze Goldmühle für mich allein haben sollte. Na, ich habe ja jedenfalls das Vergnügen gehabt, den Weg hierher zu finden.«

»Das Vergnügen?« rief Kid. »Wenn es uns gelingt, alles Gold, das dort in der Tiefe liegt, in die Finger zu kriegen, wird Rockefeller ein Waisenknabe gegen uns sein.«

»Es gehört ja alles Ihnen«, wandte Carson ein.

»Quatsch, lieber Freund. Sie müssen sich mal klarmachen, daß noch nie, solange es Goldminen gibt, ein solches Goldlager gefunden ist wie dieses. Wir brauchen Sie und mich und meinen Partner und alle Freunde, die wir finden können, um das Gold in die Finger zu kriegen. Bonanza und Eldorado zusammen sind nicht soviel wert wie ein halber Morgen da unten, selbst wenn man sie beide in einen Topf schmeißt. Die Frage ist nur, wie man den See trockenlegt. Das wird Millionen kosten. Und ich habe eine Befürchtung. Es ist nämlich so viel Gold darin, daß es, wenn wir es nicht zurückhalten, einfach im Wert fallen wird.«

»Und Sie sagen, daß ich ...« Carson verstummte, sprachlos und verblüfft.

»Und wir sind froh, daß Sie mitmachen. Wir werden ein oder zwei Jahre und alles Geld, das wir haben, brauchen, um den See trockenzulegen. Aber es ist zu machen! Ich habe den Boden genau untersucht. Aber wir werden jeden Mann im Lande brauchen, der für guten Lohn arbeiten will. Wir brauchen ein ganzes Heer, und jetzt im Anfang vor allem anständige Menschen, die mitmachen wollen. Wollen Sie mit dabei sein?«

»Ob ich will? Sehe ich nicht so aus? Ich fühle mich schon dermaßen als Millionär, daß ich Angst habe, den großen Gletscher dort zu überschreiten. Jetzt kann ich es mir nicht mehr leisten, das Genick zu brechen. Ich möchte gern noch einige von den großen Nägeln da haben. Ich schlug mir gerade die letzten ein, als Sie kamen. Wie sind Ihre denn? Lassen Sie mal sehen?«

Kid hob den einen Fuß.

»Glattgescheuert wie 'ne Schlittschuhbahn!« rief Carson. »Die müssen Sie gründlich gebraucht haben. Warten Sie einen Augenblick, dann ziehe ich einige von meinen heraus und gebe sie Ihnen.«

Aber Kid wollte nichts davon wissen. »Außerdem«, fügte er hinzu, »habe ich ungefähr zwölf Meter Seil da, wenn wir ans Eis kommen. Mein Partner und ich haben es gebraucht, als wir hinübergingen. Es ist ganz einfach.«

Es war ein mühseliges und warmes Klettern. Die Sonne blendete sie auf der flimmernden Eisfläche, der Schweiß strömte aus allen Poren, und sie stöhnten vor Anstrengung. Es waren Stellen da, die von unzähligen Rissen und Spalten durchquert wurden, wo sie nach einer gefährlichen und mühseligen Arbeit von einer Stunde kaum mehr als hundert Meter weitergekommen waren. Als sie um zwei Uhr nachmittags eine kleine Wasserpfütze, die sich im Eis gesammelt hatte, erreichten, machte Kid halt.

»Wollen wir nicht ein bißchen Pemmikan futtern?« sagte er. »Ich bin etwas knapp mit Proviant, und ich merke, daß mir die Knie zittern. Außerdem haben wir schon das Schlimmste hinter uns. Wir haben nur noch dreihundert Meter bis zu den Felsen drüben, und es ist kein schlimmer Weg, mit Ausnahme von einigen unangenehmen Spalten und einer besonders bösen, die uns zu dem Vorsprung führt ... es kommt freilich eine etwas schwächliche Eisbrücke, aber Kurz und ich sind damals doch hinübergegangen.«

Während die beiden Männer aßen, lernten sie einander besser kennen, und Andy Carson machte keine Mördergrube

aus seinem Herzen, sondern erzählte seine ganze Lebensge-
schichte.

»Ich wußte ja, daß ich den Überraschungssee finden würde«, sagte er zwischen zwei Bissen. »Und ich mußte es auch.
Denn ich kam zu spät bei den Franzosenbänken, beim großen
Skookum und bei Monte Christo ... und da hieß es eben
Überraschungssee oder sich aufhängen. Und da bin ich also
jetzt. Meine Frau wußte auch, daß ich es schaffen würde. Ich
habe schon Vertrauen genug, aber es ist gar nichts gegen das
ihrige. Sie ist überhaupt prima, primissima ... Edelware ... geht
keiner Arbeit aus dem Wege, reines Gold vom Scheitel bis zur
Sohle, ein Prachtstück, kennt weder das Wort ›niemals‹ noch
›kann nicht‹ oder so was. Eine Kampfnatur durch und durch.
Die einzige Frau für mich, waschecht und alles, was dazu
gehört. Sehen Sie nur mal ...«

Er öffnete seine Uhr, und auf der Innenseite des Deckels
sah Kid eine kleine dort eingeklebte Photographie. Sie zeigte
eine blondhaarige Frau, und zu jeder Seite das lachende Gesicht eines Kindes.

»Jungens?« fragte er.

»Junge und Mädel«, antwortete Carson stolz. »Er ist an-
derthalb Jahre älter.« Er seufzte. »Sie hätten ja älter sein können, aber wir mußten eben so lange warten. Sehen Sie, meine
Frau war krank. Die Lunge ... aber sie hat den Kampf mit der
Krankheit aufgenommen. Was zum Kuckuck verstanden wir
davon? Ich war im Büro – bei der Eisenbahn, Chikago –, als
wir heirateten. Ihre Verwandten waren alle tuberkulös. Damals hatten die Ärzte ja nicht viel Schimmer. Sie sagten, daß
es erblich wäre! Die ganze Familie hatte Tuberkulose. Einer
bekam es vom andern, nur dachten sie nie daran. Bildeten
sich alle ein, damit geboren zu sein. Schicksal! Sie und ich
lebten die ersten Jahre mit den andern zusammen. Ich hatte
keine Angst. In meiner Familie gab es keine Tuberkulose.
Aber ich kriegte sie. Das gab mir zu denken. Es war also
ansteckend. Ich kriegte sie, weil ich die Ausdünstung der
andern einatmete.

Wir besprachen die Sache. Sie und ich. Dann schickte ich
den alten Hausarzt zum Teufel und fragte einen modernen

Spezialisten um Rat. Der erzählte mir, was ich mir selbst ausgeknobelt hatte. Und sagte auch, daß Arizona die richtige Gegend für uns wäre. Da brachen wir unsere Zelte ab und reisten hin. Keine Moneten. Nicht einen Cent. Ich fand eine Stellung als Schafhirt und ließ die Frau in der Stadt, einer richtigen Lungenstadt, so voll von Lungenkranken, daß man kaum spucken konnte.

Na, ich lebte und schlief ja im Freien und begann mich bald zu erholen. Ich war immer monatelang draußen. Und jedesmal, wenn ich zurückkam, ging es ihr schlechter. Sie konnte einfach nicht gesund werden. Aber wir hatten was gelernt. Ich nahm sie weg aus der verfluchten Stadt. Sie ging einfach mit mir Schafe hüten. Vier Jahre, Sommer und Winter, in Hitze und Kälte, im Regen, Schnee und Frost und allem Dreckwetter schliefen wir im Freien. Nie unter Dach. Und wir wechselten immer wieder unsern Lagerplatz. Sie hätten nur den Unterschied sehen sollen ... braun wie Kaffeebohnen, mager wie Indianer, zäh wie frischgegerbtes Leder. Als wir uns einbildeten, geheilt zu sein, gingen wir nach San Franzisko zurück. Aber wir waren zu voreilig gewesen. Schon im zweiten Monat hatten wir leichte Blutstürze. Sofort flüchteten wir wieder nach Arizona und zu unseren Schafherden. Blieben noch zwei Jahre dort. Dann waren wir in Ordnung. Vollkommen geheilt. Ihre ganze Familie ist ausgestorben. Wollten nicht hören, was wir ihnen sagten. Wir hielten uns aber von allen Städten fern. Zogen die Küste des Pazifiks hinunter. Das südliche Oregon gefiel uns besonders gut. Wir ließen uns im Rogue-River-Tal nieder. Äpfel! Hat eine große Zukunft. Ich bekam meinen Grund und Boden – natürlich in Pacht – für vierzig Dollar den Morgen. In zehn Jahren wird er fünfhundert wert sein.

Aber wir haben ja auch anständig geschuftet. Kostet auch viel Geld, so was. Und anfangs hatten wir keinen Cent, verstehn Sie, und mußten das Haus bauen, die Scheune, Pferde, Pflüge und alles andere anschaffen. Sie hielt zwei Jahre lang Schule. Dann kam der Junge! Sie sollten nur die Bäume sehen, die wir gepflanzt haben ... hundert Morgen voll! Fast alle tragen jetzt. Aber damals machte es ja nur Kosten ... und dazu waren auch immer noch die Hypothekenzinsen zu bezahlen. Deshalb bin ich ja hier. Sie macht die Sachen dort unten, und ich sitze hier ... ein erstklassiger, verfluchter Millionär ... wenn man nach den Aussichten gehen darf.«

Er warf einen glücklichen Blick über das Eis, das im Sonnenschein flimmerte, nach dem grünen See in der Ferne. Dann sah er auch die Photographie an und murmelte:

»Sie ist ein Prachtstück von einer kleinen Frau, das ist sie. Donnerwetter, wie sie geschuftet hat! Sie wollte einfach nicht sterben, obgleich sie nur noch Haut und Knochen war, die um ein kleines Häufchen brennenden Feuers gewickelt waren, als wir mit den Schafen losgingen. Oh, sie ist immer noch dünn, sie wird auch nie dick werden. Aber es ist die süßeste Dünnheit, die ich je gesehen habe, und wenn ich zurückkomme, und die Bäume tragen, und die Kleinen gehen in die Schule, dann werden wir beide, meine Frau und ich, nach Paris fahren. Ich habe freilich nicht viel Vertrauen zu der verdammten Stadt, aber sie hat sich ihr ganzes Leben danach gesehnt.«

»Nun, und hier liegt ja das Gold, das Sie nach Paris bringen wird«, versicherte ihm Kid. »Wir brauchen nur die Hand danach auszustrecken.«

Carson nickte mit leuchtenden Augen. »Ich sage ja, unsere Farm ist der hübscheste Obstgarten Gottes an der ganzen Pazifikküste. Und ein herrliches Klima dazu! Unsere Lungen werden nicht mehr zum Teufel gehen. Leute, die Tuberkulose gehabt haben, müssen sonst vorsichtig sein, wissen Sie! Wenn Sie sich mal irgendwo ansässig machen wollen, dann werfen Sie zuerst einen Blick in unser Tal, ehe Sie sich entscheiden. Das müssen Sie tun! Unbedingt! Und fischen kann man dort. Donnerwetter! Haben Sie je einen Lachs von fünfunddreißig Pfund mit einer Angelrute von sechs Unzen gefangen?«

»Ich bin um vierzig Pfund leichter als Sie«, sagte Carson. »Lassen Sie mich vorangehen.«

Sie standen am Rande der großen Spalte. Sie war wirklich ungeheuer groß und alt, mindestens hundert Fuß breit und hatte schräge, vom Alter verwitterte Hänge statt scharfer

Ränder. An der Stelle, wo Kid und Carson standen, wurde sie von einem riesigen Haufen festgeballten Schnees überbrückt, der halb zu Eis geworden war. Sie konnten nicht einmal sehen, wo dieser Schneehaufen aufhörte, oder wie tief er in den Spalt hinabreichte, und noch weniger, wie tief dieser Spalt selbst war. Die Brücke begann indessen schon zu schmelzen und zu zerbröckeln und drohte jeden Augenblick zusammenzubrechen. Man konnte sehen, daß Teile davon erst kürzlich abgebröckelt waren. Und selbst in dem Augenblick, als die beiden diese Brücke untersuchten, brach ein Stück im Gewicht von einer halben Tonne ab und stürzte in die Tiefe.

»Sieht scheußlich unsicher aus«, gab Carson zu, während er bedenklich den Kopf schüttelte. »Und sie sieht viel schlimmer aus als damals, als ich noch kein Millionär war.«

»Aber wir müssen losgehen«, sagte Kid. »Wir sind schon zu weit, um umkehren zu können. Und die ganze Nacht hier oben auf dem Eis lagern können wir auch nicht. Es gibt keinen andern Weg. Kurz und ich haben eine ganze Meile zu beiden Seiten geforscht. Aber die Brücke war damals, als wir sie überschritten, freilich in besserem Zustande.«

»Sie kann nur einen tragen. Lassen Sie mich zuerst hinübergehen.« Carson nahm Kid den Schlag des Seiles aus der Hand. »Sie müssen loslassen. Ich nehme das Seil und die Hacke. Geben Sie mir die Hand, so daß ich leichter hinuntersteigen kann.«

Langsam und vorsichtig kletterte er einige Fuß bis zur Brücke hinunter, auf der er dann einen Augenblick stehenblieb, um die letzten Vorbereitungen für den gefährlichen Übergang zu treffen. Auf dem Rücken trug er seine Ausrüstung. Das Seil legte er sich um den Hals, so daß es auf seinen Schultern ruhte. Das eine Ende war indessen um seinen Körper festgebunden.

»Ich würde einen ansehnlichen Teil meiner künftigen Million für eine Bande tüchtiger Brückenarbeiter geben«, sagte er, aber sein heiteres, launiges Lächeln strafte seine Worte Lügen. Dann fügte er hinzu: »Alles in Ordnung! Ich bin die reine Katze.«

Die Hacke und die lange Stange, die er als Alpenstock benutzte, hielt er des Gleichgewichts wegen waagerecht vor sich wie ein Seiltänzer. Er setzte erst den einen Fuß prüfend vor, zog ihn wieder zurück und nahm sich mit sichtlicher Anstrengung zusammen.

»Ich möchte lieber eine arme Laus sein«, sagte er lächelnd; »wenn ich diesmal kein Millionär werde, versuche ich es nie wieder. Es ist doch zu unbequem.«

»Wird schon gehen«, ermunterte ihn Kid. »Ich bin ja schon einmal hinübergekommen. Lassen Sie mich lieber zuerst versuchen.«

»Ausgerechnet Sie mit Ihren vierzig Pfund Mehrgewicht«, gab der kleine Mann eifrig zurück. »In einer Minute bin ich bereit. Ich bin es schon.«

Diesmal hatte er seine Nerven sofort in der Gewalt. »Gut, hier geht es um den Rogue River und die Äpfel«, sagte er, als er den Fuß vorsetzte. Diesmal aber ließ er ihn leicht und vorsichtig stehen, während er den andern langsam und sachte hob und an ihm vorbeischob. Mit großer Umsicht und Sorgfalt setzte er dann den Weg über die zerbrechliche Brücke fort, bis er zwei Drittel des Weges zurückgelegt hatte. Dann machte er halt, um eine Vertiefung zu untersuchen, die er überschreiten mußte. Er bemerkte aber darin einen ganz frischen Riß und blieb zögernd stehen. Kid, der ihn die ganze Zeit beobachtete, sah, daß er erst zur Seite und dann in die Tiefe hinunterblickte und darauf leise hin und her zu schwanken begann.

»Nicht nach unten blicken«, befahl Kid barsch. »Weitergehen ... sofort!«

Der kleine Mann gehorchte und schwankte nicht mehr unterwegs. Der von der Sonne zernagte Abhang auf der andern Seite der Kluft war schlüpfrig, aber nicht steil, und es gelang ihm, ein schmales Felsstück zu erreichen, das aus der Wand vorsprang. Dort wandte er sich mit dem Gesicht gegen Kid und setzte sich.

»Jetzt ist die Reihe an Ihnen!« rief er ihm zu. »Aber bleiben Sie nicht stehen und sehen Sie auch nicht nach unten. Und jetzt los! Der ganze Mist hier taugt schon nichts mehr.«

Kid begann mit waagerecht gehaltenem Stock den Übergang. Es war klar, daß die Brücke schon in ihren letzten Zügen lag. Er vernahm ein Knistern unter seinen Füßen. Die ganze Schneemasse schien sich zu bewegen. Das Knistern wurde immer stärker. Dann hörte er einen einzelnen scharfen Knack. Er erkannte, daß irgend etwas Schlimmes hinter ihm geschah. Hätte er es sonst nicht gespürt, so würde schon der gespannte und erregte Ausdruck in Carsons Gesicht es ihm enthüllt haben. Aus der Tiefe hörte er das leise und schwache Plätschern eines rieselnden Baches, und ganz unwillkürlich und unfreiwillig warf er einen schnellen Blick in den schimmernden Abgrund. Dann nahm er sich zusammen und starrte wieder geradeaus. Als er die zwei Drittel zurückgelegt hatte, war er bei der Vertiefung angelangt. Die scharfen Ränder des Risses, die von der Sonne noch kaum berührt waren, zeigten deutlich, wie frisch er war. Kid hob bereits den einen Fuß, um den Riß zu überqueren, als dieser langsam breiter zu werden begann, während Kid gleichzeitig eine Reihe von scharfen, schnappenden Geräuschen vernahm. Er wollte sich beeilen, weiterzukommen, und machte deshalb den Schritt länger als beabsichtigt. Aber dadurch glitt sein Schuh, dessen Nägel abgeschliffen waren, auf der andern Seite des Risses aus. Er fiel auf sein Gesicht und rutschte sofort in den Spalt der Brücke hinab. Seine Beine schwebten frei in der Luft, aber es war ihm gelungen, im Fallen den Stock quer über die Lücke zu legen, und er konnte jetzt seine Brust dagegen stemmen ... Zuerst wurde ihm ganz übel, weil sein Herz mit unheimlicher Schnelligkeit klopfte. Sein erster Gedanke war indessen nur Staunen, daß er nicht tiefer gefallen war. Hinter sich vernahm er Krachen und Knistern und ein Schütteln, das seinen Stock zittern ließ. Und tief, tief unter sich, aus dem Herzen des Gletschers, drang das leise und hohle Dröhnen der Schneemassen zu ihm herauf, die sich losgerissen hatten und auf den Boden des Abgrundes schlugen. Dennoch hielt die Brücke immer noch, obgleich sie an der andern Seite fast völlig vom Felsen losgerissen war und in der Mitte den großen Riß hatte, während der Teil, den er bereits zurückgelegt hatte, in einem Winkel von zwanzig Grad abwärts hing. Er konnte sehen, daß

Carson, der auf seinem Vorsprung saß, die Füße fest gegen die allmählich schmelzende Oberfläche stemmte, schnell das Seil von der Schulter nahm und es abzuwickeln begann.

»Warten Sie«, rief er. »Rühren Sie sich nicht, sonst stürzt die ganze Geschichte mit Ihnen hinunter.«

Mit einem schnellen Blick berechnete Carson den Abstand, löste das Tuch, das er um den Hals trug, und knüpfte es an das Seil, das er durch ein zweites Tuch, das er in seiner Tasche hatte, noch weiter verlängerte. Das Seil selbst war aus Schlittentauen und kurzen, zusammengeflochtenen Ledersträngen geknüpft und sowohl leicht wie stark. Carson warf es sehr gewandt und hatte gleich Erfolg, so daß es Kid gelang, es zu ergreifen. Er hatte offenbar die Absicht, mit dem Seil in der Hand aus dem Spalt zu kriechen. Aber Carson, der inzwischen das andere Ende des Seils um seinen Körper gebunden hatte, hinderte ihn daran.

»Binden Sie es sich auch um«, befahl er.

»Wenn ich dann hinunterstürze, ziehe ich Sie mit«, wandte Kid ein.

Der kleine Mann erlaubte keinen Widerspruch.

»Halten Sie den Mund«, kommandierte er. »Der Klang Ihrer Stimme genügt vollkommen, um das Ding da zum Einsturz zu bringen.«

»Wenn ich aber wirklich zu gleiten beginne ...«, begann Kid.

»Halten Sie jetzt gefälligst die Schnauze ... Sie werden überhaupt nicht zu fallen beginnen, verstanden? Nun tun Sie, wie ich gesagt habe ... so ... so ist's richtig ... unter die Achsel. Binden Sie es gehörig fest ... Jetzt ... Los! Aber vorsichtig! Ich werde das Seil schon einholen! Kommen Sie jetzt ... So, richtig! Vorsicht ... Vorsicht ...«

Kid war vielleicht zehn Schritt weit gekommen, als die Brücke völlig zusammenzubrechen begann. Lautlos und stoßweise zerbröckelte sie und stellte sich dabei immer schräger.

»Schnell«, rief Carson und holte mit beiden Händen das Seil ein, das sich durch Kids Bewegung gelockert hatte.

Als es dann krachte, krampften sich Kids Finger in die harte Wand, während sein Körper von der zerbröckelnden Brücke nach unten gezogen wurde. Carson saß, die Beine gespreizt und gegen den Boden gestemmt, da und holte das Seil aus allen Kräften ein. Durch diese Bemühungen wurde Kid wohl an die Wand heran-, gleichzeitig aber Carson aus der Höhlung, in der er saß, herausgezerrt. Er schnellte wie eine Katze herum, krallte sich mit wilder Energie am Eise fest, glitt aber doch hinab. Unter ihm – mit vierzig Fuß Seil zwischen ihnen – kämpfte Kid ebenso verzweifelt, um sich festzuhalten. Aber ehe das Dröhnen aus der Tiefe ihnen meldete, daß die Brücke den Boden des Abgrunds erreicht hatte, waren beide hängengeblieben. Carson fand zuerst eine Stelle, und das bißchen Gewicht, das er jetzt in seinen Zug am Seil noch legen konnte, genügte, um seinen eigenen Sturz aufzuhalten.

Beide blieben in kleinen Vertiefungen stecken, aber die von Kid waren so schmal, daß er ohne Hilfe von oben doch tiefer gestürzt wäre, obgleich er sich aus allen Kräften an die Wand drückte und festkrallte. Er hing über einem Vorsprung an der Felswand und konnte deshalb nicht hinabsehen. Einige Minuten vergingen, während deren beide sich bemühten, sich Klarheit über ihre Lage zu verschaffen. Auch machten sie verblüffende Fortschritte in der Kunst, sich an dem nassen und glitschigen Eise festzukrallen. Der kleine Mann war der erste, der zu sprechen begann. »Kreuzdonnerwetter«, sagte er. Und fügte dann eine Minute später hinzu: »Wenn Sie sich einen Augenblick festhalten und das Seil ein bißchen lockern, werde ich mich umdrehen können. Versuchen Sie es mal.«

Kid machte einen Versuch, stützte sich aber dann wieder auf das Seil.

»Es geht«, meinte er. »Sagen Sie mir, wann Sie bereit sind. Aber schnell.«

»Ungefähr drei Fuß unter mir ist eine Stelle, wo meine Hacken Halt finden können«, sagte Carson.

»Ich brauche nur einen Augenblick dazu. Sind Sie bereit?«
»Nur los.«

Es war eine schwere Arbeit, die paar Meter hinabzukriechen und sich dann umzudrehen und hinzusetzen. Aber es war noch schwerer für Kid, sich eng an die Eiswand zu pressen und in einer Lage zu verharren, die von Minute zu Minute immer höhere Anforderungen an seine Muskeln stellte. Er merkte schon, wie er ganz leise, fast unmerklich, hinabzurutschen begann, als das Seil sich endlich wieder straffte. Da sah er auch schon das Gesicht Carsons über sich. Kid bemerkte, daß die sonnengebräunte Haut Carsons ganz fahl war, weil ihm das Blut aus dem Gesicht gewichen war, und er dachte, wie er selbst wohl aussehen mochte. Als er dann aber sah, wie Carson mit zitternden Fingern nach seinem Messer tastete, sagte er sich, daß er Schluß machen müßte. Der Mann war offenbar außer sich vor Angst und wollte das Seil durchschneiden.

»Kü..kü..kümmern Sie si..si..sich nur nicht um mi..mi..mich ...« stotterte der kleine Mann. »Mir i..i..ist ga..gar nicht ba..bange. Es sind n..nur meine Ne..nerven ... hol..hol sie der T..teufel ... In einer Mi..mi..nu..nute geht es wie..wie ..wieder.«

Und Kid beobachtete ihn, wie er dalag: ganz zusammengekauert, die Schultern zwischen den Knien, zitternd und linkisch. Mit der einen Hand straffte er das Seil ein bißchen, mit der andern, die das Messer hielt, schlug und hieb er Löcher für seine Absätze in das Eis.

Kid wurde es ganz warm ums Herz. »Hören Sie mal, Carson. Sie können mich nie da hinaufziehen, und es hat keinen Zweck, daß wir beide zum Teufel gehen. Machen Sie Schluß und schneiden Sie das Seil durch ...«

»Halten Sie doch die Schnauze«, lautete die empörte Antwort. »Wem gehört der Laden hier?«

Und Kid merkte, daß der Zorn ein gutes Heilmittel für die Nerven des andern war. Für seine eigenen Nerven war es eine schlimme Belastung, eng an das Eis gedrückt dazuliegen, ohne etwas anderes tun zu können, als sich festzukrallen. Ein Stöhnen und ein schneller Ruf: »Halten Sie sich fest!« warnten ihn. Das Gesicht gegen die Eiswand gedrückt, machte er eine äußerste Anspannung, um sich festzuhalten, merkte, daß das

Seil sich lockerte, und erkannte, daß Carson im Begriff war, zu ihm herunterzugleiten. Er wagte erst aufzublicken, als er merkte, daß das Seil sich wieder straffte, und wußte, daß der andere einen neuen Halt gefunden hatte.

»Pfui Deibel ... Das war aber auf der Kippe«, stotterte Carson. »Ich bin mehr als einen Meter weit gerutscht. Nun müssen Sie ein bißchen warten. Ich muß mir einen neuen Halt hauen. Wenn dies verfluchte Eis nicht so verdammt brüchig wäre, würden wir besser dran sein.«

Und während der kleine Mann mit der einen Hand das Seil so straff hielt, wie es für Kid dringend notwendig war, zerhieb und zerriß er das Eis mit dem Messer, das er in der andern hielt. So vergingen zehn Minuten.

»Jetzt werde ich Ihnen sagen, was wir zu tun haben«, rief Carson zu Kid hinunter. »Ich habe Löcher für Ihre Hände und Füße neben mir gehauen. Jetzt werde ich das Seil ganz langsam und vorsichtig einholen, und dann kommen Sie herauf. Aber halten Sie sich gut fest, und machen Sie nicht zu schnell! Ich will Ihnen vorher noch was sagen. Ich halte Sie am Seil fest, und Sie werfen unterdessen das ganze Gepäck weg. Verstanden?«

Kid nickte und löste mit unendlicher Vorsicht seinen Rucksackriemen. Dann schüttelte er kräftig die Schultern, so daß der Rucksack abfiel. Carson sah, wie das Gepäck über den Vorsprung kollerte und in der Tiefe verschwand.

»Jetzt werfe ich meinen weg«, rief er hinab. »Inzwischen müssen Sie sich nur ruhig verhalten.«

Fünf Minuten darauf begann für Kid der Kampf, um nach oben zu gelangen. Erst wischte er sich die Hände an der Innenseite seiner Ärmel ab, dann begann er vorsichtig hinaufzuklettern ... kroch auf dem Bauche, klammerte, krallte und krampfte sich an die Wand ... unterstützt und festgehalten von dem Zug Carsons am Seil. Allein wäre er nicht einen Zoll vorwärts gekommen. Trotz seiner stärkeren Muskeln konnte er nicht wie Carson klettern, weil sein Mehrgewicht von vierzig Pfund ihn behinderte. Als er ein Drittel des Weges hinter sich hatte und die Wand steiler und das Eis weniger brüchig wurde, fühlte er, daß der Zug am Seil nachließ. Immer langsamer ging es vorwärts. Hier war es aber ausgeschlossen, stehenzubleiben und zu warten. Und selbst mit der größten Anstrengung war es ihm nicht möglich, weiterzukommen. Er merkte auch schon, wie er wieder hinabzugleiten begann.

»Ich rutsche«, rief er nach oben.

»Ich auch«, lautete die Antwort, die Carson mit Mühe durch die Zähne hervorstieß.

»Dann lassen Sie das Seil fahren.«

Kid merkte, daß das Seil sich eine Sekunde in einer vergeblichen Anspannung straffte ... dann rutschte er schneller nach unten, und während er zu seinem früheren Standpunkt, ja über den Vorsprung hinabglitt, sah er gerade noch, wie Carson dort auf den Rücken gefallen war und wie ein Wahnsinniger mit Armen und Beinen zappelte, um nicht weiter hinabgezogen zu werden. Zu Kids Staunen stürzte er selbst, als er den Vorsprung passiert hatte, nicht jäh in die Tiefe. Das Seil hielt ihn etwas zurück, als er einen noch schrofferen Abhang hinunterrutschte, der jedoch gleich wieder sanfter wurde, und schließlich blieb er in einer neuen Vertiefung am Rande eines neuen Vorsprungs liegen. Carson konnte er jetzt gar nicht mehr sehen, denn der lag ihm verborgen an der Stelle, die Kid vorher eingenommen hatte.

»Pfui Deibel«, hörte er Carson mit klappernden Zähnen stottern.

Einen Augenblick herrschte Stille. Dann merkte Kid, daß das Seil angezogen wurde.

»Was machen Sie denn?« rief er hinauf.

»Ich haue neue Löcher für Hände und Füße«, lautete die zitternde Antwort. »Sie müssen eben so lange warten. Ich werde Sie im Handumdrehen heraufziehen. Kehren Sie sich nicht daran, wie ich spreche! Ich bin eben ein bißchen aufgeregt! Sonst bin ich aber ganz auf der Höhe. Warten Sie nur, dann werden Sie sehen!«

»Sie halten mich ja nur durch Ihre Kraft«, wandte Kid ein. »Früher oder später, wenn das Eis schmilzt, rutschen Sie mir nach. Das einzige, was Sie zu tun haben, ist, das Seil durchzuschneiden. Tun Sie, wie ich Ihnen sage! Es hat doch keinen Zweck, daß wir beide zum Teufel gehen. Sie sind der größte kleine Mann in der ganzen Welt, und Sie haben Ihr Bestes getan. Schneiden Sie mich jetzt los.«

»Nun halten Sie doch endlich einmal Ihre werte Schnauze. Ich haue jetzt hier Löcher, und diesmal so tief, daß ich ein ganzes Pferdegespann heraufziehen könnte.«

»Sie haben mich schon lange genug festgehalten«, erklärte Kid eindringlich. »Lassen Sie mich fahren.«

»Wie oft habe ich Sie gehalten?« fragte der kleine Mann wütend.

»Mehrmals ... und jedesmal war einmal zuviel ... Sie rutschen ja selbst immer weiter herunter.«

»Und dabei lerne ich immer mehr, wie die Sache zu deichseln ist. Ich werde Sie festhalten, bis wir aus diesem Schlamassel heraus sind. Verstehen Sie? Als Gott mich zu einem Leichtgewichtler machte, wußte er schon, denke ich mir, was er tat. Also ... Maul halten und still sein! Ich habe hier zu tun ...«

Wieder vergingen einige Minuten in Schweigen. Kid konnte den metallischen Klang des Messers hören, mit dem der Kleine auf das Eis losschlug, und hin und wieder glitten kleine Eisstückchen über den Vorsprung zu ihm herab. Da er durstig war, fing er, sich mit Händen und Füßen festkrallend, einige dieser Stückchen mit den Lippen und ließ sie im Munde zergehen, um sich auf diese Weise zu erfrischen.

Er hörte Carson schwer atmen, vernahm ein klagendes Stöhnen der Verzweiflung und merkte, daß das Seil wieder nachließ, so daß er sich aus allen Kräften festhalten mußte. Das Seil straffte sich jedoch gleich wieder. Mit großer Anstrengung gelang es ihm, einen Blick den Steilhang hinaufzuwerfen. Er spähte einige Sekunden vergeblich empor ... dann sah er, wie das Messer mit der Spitze nach unten über den Rand des Vorsprungs zu ihm herunterglitt. Er preßte seine Wange dagegen, zuckte zusammen, als er fühlte, wie die Schneide seine Haut zerschnitt, drückte wieder stärker und merkte dann, daß das Messer liegenblieb.

»Ich bin doch ein Esel«, klang es bedauernd von oben.

»Nur ruhig, ich habe es«, antwortete Kid.

»Schön ... aber warten Sie ein bißchen. Ich habe eine Menge Bindfaden in der Tasche. Ich lasse ihn zu Ihnen hinab, und dann schicken Sie mir das Messer wieder herauf.«

Kid antwortete nicht. Ihm schoß plötzlich ein Einfall durch den Kopf.

»Hallo, Sie da ... jetzt kommt der Bindfaden! Sagen Sie mir, ob Sie ihn bekommen haben.«

Ein kleines Taschenmesser, das am Ende des Bindfadens festgebunden war, glitt über das Eis herab. Kid fing es auf. Durch eine rasche Bewegung mit den Zähnen und der einen Hand gelang es ihm, die große Klinge zu öffnen; er überzeugte sich, daß sie scharf war. Dann band er das Messer an den Bindfaden.

»Hinaufziehen!« rief er.

Mit gespannten Blicken beobachtete er, wie das Messer nach oben gezogen wurde. Aber er sah noch mehr ... er sah einen kleinen Mann, der voll tödlicher Angst und dennoch unerschrocken, zitternd und mit klappernden Zähnen, krank vor Schwindel, Übelkeit und Furcht heldenmütig überwand. Seit Kid Kurz getroffen, hatte er noch keinem so schnell aufrichtige und warme Freundschaft entgegengebracht wie diesem Manne.

»Glänzend«, erklang die Stimme von oben über den Vorsprung zu ihm hinab. »Jetzt werden wir im Handumdrehen aus diesem Eisloch heraus sein.«

Die erschütternde Anstrengung, Mut und Hoffnung aufrechtzuerhalten, die aus Carsons Stimme herausklang, war für Kid entscheidend.

»Hören Sie, Carson«, sagte er ruhig, während er sich vergeblich bemühte, das Bild Joy Gastells aus seinem Gehirn zu bannen. »Ich habe Ihnen das Messer hinaufgeschickt, damit Sie sich aus dieser Lage befreien. Ich werde jetzt mit dem Taschenmesser das Seil durchschneiden. Es genügt, wenn einer von uns beiden zum Teufel geht. Verstanden?«

»Beide oder keiner«, kam die barsche, aber zitternde Antwort zurück. »Wenn Sie noch eine Minute ausharren ...«

»Ich habe schon zu lange ausgeharrt. Ich bin nicht verheiratet. Ich habe keine anbetungswürdig dünne Frau, keine

Kinder und keine Apfelbäume, die auf mich warten. Jetzt müssen Sie sehen, daß Sie wenigstens aus dem Dreck herauskommen ... und das bald ...«

»Warten Sie doch ... um Gottes willen, warten Sie ...«, schrie Carson zu ihm herab. »Das dürfen Sie nicht! Geben Sie mir doch eine Möglichkeit, Sie zu retten. Nur ruhig, alter Freund! Wir werden es schon kriegen! Sie werden sehen! Ich haue jetzt Löcher, die groß genug sind, um ein ganzes Haus mit Scheune heraufzuholen.«

Kid antwortete nicht. Ruhig und sicher, wie gebannt von dem, was er im Geiste sah, sägte er weiter mit dem Messer, bis der eine von den drei Strängen, die das Seil bildeten, durchschnitten war.

»Was tun Sie«, rief Carson verzweifelt. »Wenn Sie es durchschneiden, verzeihe ich es Ihnen nie ... Niemals ... Ich sage Ihnen ja: entweder kommen wir beide aus dem Dreck hinaus oder keiner von uns ... Wir werden die Sache schon deichseln ... Nur warten! Um Gottes willen ...«

Und Kid, der den durchschnittenen Strang, der kaum fünf Zoll vor seinen Augen baumelte, anstarrte, empfand eine so jämmerliche Furcht wie noch nie in seinem Leben. Er wollte nicht sterben ... er prallte zurück, als er in den schimmernden Abgrund unter sich blickte, und die sinnlose Angst ließ sein Gehirn die törichtesten Vorwände hervorsuchen, um die Sache in die Länge zu ziehen ...

»Gut«, rief er hinauf. »Ich werde noch warten. Tun Sie, was Sie können. Aber ich sage Ihnen, Carson, sobald wir wieder zu gleiten beginnen, schneide ich das Seil durch.«

»Pscht ... Nicht daran denken ... Wenn wir uns wieder bewegen, geht es nach oben! Ich klebe wie eine Klette ... ich würde hier hängenbleiben, und wenn es doppelt so steil wäre ... Ich habe schon ein reines Riesenloch für den einen Absatz fertig ... und jetzt werden Sie still sein und mich arbeiten lassen.«

Nur langsam vergingen die Minuten. Kid konzentrierte all seine Gedanken auf einen dumpfen Schmerz, den ihm ein Niednagel an dem einen Finger verursachte. Er hatte ihn am selben Morgen abschneiden wollen – er schmerzte schon damals, überlegte er. Und er faßte den Entschluß, ihn abzuschneiden, wenn er nur erst aus dieser verdammten Klemme herausgekommen war. Als er aber den Finger und den Niednagel in solcher Nähe betrachtete, kam ihm ein ganz neuer Gedanke. Gleich – bestenfalls in wenigen Minuten – waren dieser Niednagel, dieser Finger, der mit so kunstfertigen und geschmeidigen Gelenken versehen war, vielleicht Teile einer zerschmetterten Leiche in der Tiefe der Schlucht. Als er sich seiner Angst bewußt wurde, fühlte er Haß gegen sich selbst. Liebhaber von Bärenfleisch mußten aus anderem Holz geschnitzt sein! In der Wut über seine eigene Furcht begann er wieder mit dem Messer auf das Seil loszusägen ... Da hörte er wieder Carson stöhnen und seufzen.

Eine plötzliche Lockerung des Seils warnte ihn. Er begann zu gleiten. Die Bewegung war zuerst sehr langsam. Das Seil wurde treu und brav wieder angezogen – aber er glitt dennoch immer weiter. Carson konnte ihn nicht mehr halten, sondern wurde mit hinabgezogen! Er fühlte sich mit der Fußspitze vor und merkte den leeren Raum unter sich; jetzt, wußte er, mußte er senkrecht nach unten stürzen. Und er war sich gleichzeitig darüber klar, daß sein Körper im Fall sofort Carson mitreißen würde.

Dann wurde ihm auf einmal klar, was Recht und was Unrecht war. In blinder Verzweiflung setzte er wieder das Messer an das Seil, sah, wie die zerschnittenen Stränge auseinanderplatzten. Fühlte dann, wie er immer schneller glitt und schließlich in die Tiefe stürzte ...

Was dann geschah, wußte er nicht. Er war nicht bewußtlos, aber alles geschah so schnell und kam so unerwartet. Statt im Todessturz zu zerschmettern, schlugen seine Füße fast augenblicklich gegen Wasser, und er setzte sich mitten in eine Pfütze, die ihn mit kalten Spritzern durchnäßte.

»Oh, warum haben Sie das getan?« hörte er eine klagende Stimme von oben rufen.

»Hören Sie«, rief er hinauf. »Ich bin vollkommen heil. Sitze hier bis zum Hals im Wasser. Und unsere beiden Rucksäcke sind auch da. Ich setze mich darauf. Es ist Platz für ein halbes Dutzend hier. Wenn Sie heruntergleiten, halten Sie sich nur dicht an die Wand, und Sie werden heil landen wie ich. Aber sonst machen Sie, daß Sie schnell hinaufklettern und wegkommen. Gehen Sie nach der Hütte. Es muß jemand drinnen sein. Ich habe den Rauch ja gesehen. Verlangen Sie dort ein Seil oder etwas, das ein Seil vorstellen kann ... dann kommen Sie wieder und holen mich hinauf.«

»Ist es wirklich wahr?« rief Carson zweifelnd.

»So wahr ich hier sitze und hoffe, daß ich einst sterben werde. Machen Sie jetzt, daß Sie wegkommen ... sonst erkälte ich mich und hole mir den Tod.«

Kid hielt sich warm, indem er mit seinen Füßen einen Kanal durch die Eisdecke hämmerte. Er hatte eben das letzte Wasser durch die Rinne abgeleitet, als ein Ruf ihm anzeigte, daß Carson den oberen Rand der Kluft erreicht hatte.

Darauf verwendete Kid die Zeit in aller Ruhe dazu, seine Kleider zu trocknen. Die späte Nachmittagssonne schien warm auf ihn herab, während er seine Kleider wrang und sie rings um sich ausbreitete. Seine Streichholzschachtel war wasserdicht, und es gelang ihm, genügend Tabak und Reispapier zu trocknen, um sich Zigaretten drehen zu können.

Als er zwei Stunden später auf den beiden Rucksäcken saß und rauchte, hörte er von oben eine Stimme, in der er sich nicht irren konnte.

»Aber Kid, Kid!«

»Tag, Fräulein Gastell!« rief er zurück. »Wo in aller Welt kommen Sie denn her?«

»Haben Sie sich verletzt?«

»Keine Spur!«

»Papa wirft Ihnen jetzt das Seil hinunter ... Können Sie es sehen?«

»Jawohl ... und ich hab' es auch schon gefangen«, antwortete er. »Sie müssen nur so freundlich sein, ein paar Minuten zu warten!«

»Was ist denn los?« fragte sie ängstlich nach einigen Minuten. »Oh, ich weiß, Sie haben sich doch verletzt.«

»Nein, durchaus nicht ... ich muß mich nur anziehen ...«

»Anziehen?«

»Ja ... ich hab' ein bißchen gebadet ... So, sind Sie bereit? Also, ziehen Sie!«

Er ließ zuerst die beiden Rucksäcke hinaufziehen und mußte dafür eine kleine Rüge von Fräulein Gastell einstecken ... dann erst folgte er selber.

Joy Gastell sah ihn mit leuchtenden Augen an, während ihr Vater und Carson sich bemühten, das Seil aufzuwickeln. »Es war prachtvoll, daß Sie das Seil durchschnitten«, erklärte sie. »Es war ... es war einfach herrlich ...«

Kid lehnte die Bewunderung mit einer Handbewegung ab.

»Ich habe schon die ganze Geschichte gehört ...«, erklärte sie. »Carson erzählte sie mir. Sie haben sich geopfert, um ihn zu retten.«

»Keine Rede davon«, log Kid. »Ich hatte ja schon längst das kleine Schwimmbecken unter mir gesehen.«

Eier

An einem klaren Wintermorgen gab Lucille Arral in dem großen Laden der A. C. Company Kid über den Ladentisch hinweg einen geheimnisvollen Wink. Der Verkäufer war auf einer Forschungsreise in das Innere der Lagerräume verschwunden, und trotz dem dickbäuchigen, rotglühenden Ofen hatte Lucille sich wieder ihre Handschuhe angezogen.

Kid gehorchte bereitwillig. In Dawson gab es keinen Mann, dem eine Auszeichnung Lucilles nicht geschmeichelt hätte. Sie war nämlich die sehr beliebte und fesche Soubrette der kleinen Sängertruppe, die allabendlich in der Palast-Oper auftrat.

»Es ist schrecklich langweilig hier«, klagte sie mit einer bezaubernden Ausgelassenheit, sobald sie Kid die Hand gegeben hatte. »Eine ganze Woche lang ist gar nichts Interessantes vorgefallen. Und der Maskenball, den Stiff Mitchell arrangieren wollte, ist verschoben worden. Es wird gar kein Goldstaub umgesetzt! Nicht einmal das Opernhaus ist abends voll. Und es ist länger als zwei Wochen her, daß wir die letzte Post bekamen. Die ganze Stadt ist in ihre Höhle gekrochen und schläft den Winterschlaf ... Wir müssen etwas anstellen ... es muß Leben in die Bude kommen, und das können wir beide schon schaffen. Wenn jemand die Stadt auf den Kopf stellen kann, dann sind wir beide es. Ich habe übrigens mit Wild Water gebrochen, wissen Sie.«

Kid sah sogleich zwei Bilder vor sich. Das eine stellte Joy Gastell dar. Das andere zeigte ihn selbst im Schein des kalten nördlichen Mondes auf einem öden Schneefeld liegend, und es war der obenerwähnte Herr Wild Water, der ihn mit gutgezielten und schnellen Schüssen niedergeknallt hatte. Kids Neigung, die Stadt mit Lucille Arrals Hilfe auf den Kopf zu stellen, war demgemäß so gering, daß sie es bemerken mußte. »Ich meine gar nicht das, was ich Ihrer Meinung nach jetzt meinen sollte ... danke schön«, sagte sie, schnippisch lachend, aber doch ein bißchen gekränkt. »Wenn ich mich Ihnen einmal an den Hals werfe, so müssen Sie Ihre Augen wirklich besser aufmachen ... sonst wissen Sie gar nicht, wie ich aussehe.«

»Andere Männer wären einfach am Herzschlag tot umgefallen, wenn ihnen ein so unerhörtes Glück in den Schoß gefallen wäre«, murmelte er und versuchte vergeblich seine Erleichterung zu verbergen.

»Sie Lügner«, antwortete sie gutgelaunt. »Sie wären wohl eher aus Angst gestorben. Aber ich will Ihnen etwas erzählen, Herr Alaska-Kid: nichts liegt mir ferner, als mit Ihnen zu flirten, und wenn sie es wagen sollten, mir den Hof zu machen, so wird Herr Wild Water sich Ihrer schon annehmen. Sie kennen ihn ja. Außerdem ... außerdem habe ich nicht ganz mit ihm gebrochen.«

»Na ... nur weiter mit Ihren Rätseln«, neckte er sie. »Vielleicht kriege ich doch noch heraus, was Sie eigentlich wollen, wenn Sie mir nur ein bißchen Zeit lassen ... ich hab so eine lange Leitung.«

»Da gibt es gar nichts herauszukriegen, Kid. Ich will es Ihnen ganz offen erklären. Wild Water glaubt, ich hätte mit ihm gebrochen ... verstehen Sie?«

»Ja, aber haben Sie es oder haben Sie es nicht?«

»Ich habe es nicht, daß Sie's wissen! Aber das bleibt unter uns beiden ... auf Ehre! Ich habe nur ein bißchen Krach mit ihm gemacht, so als ob ich mit ihm brechen wollte ... und er hat es auch verdient, glauben Sie mir ... wirklich!«

»Und wo bleibt mein Stichwort?« fragte Kid.

»Wie? Na ja, Sie werden eine Menge Geld verdienen, und wir machen Wild Water ein bißchen lächerlich und stellen dabei ganz Dawson auf den Kopf ... und, was das Allerbeste ist ... Wild Water wird eine gesunde kleine Lehre erhalten. Er hat es wirklich nötig ... aber wirklich, sage ich Ihnen. Er ist ... na, ich weiß nicht, wie ich es ausdrücken soll ... er ist eben ein bißchen zu wild, der liebe Junge! Er macht sich so furchtbar wichtig ... und nur, weil er so 'n großer Lümmel ist und weil er so viel Claims hat, daß er sie nicht mehr zählen kann ...«

»Und weil er mit dem süßesten kleinen Weibsstück in ganz Alaska verlobt ist«, fügte Kid schnell hinzu.

»Ja, deshalb auch, ich danke schön ... aber deshalb braucht er doch wirklich keinen Koller zu kriegen! Gestern abend hat er wieder mal solch einen Anfall gehabt ... hat den ganzen Fußboden bei M. & M. mit Goldstaub überstreut ... es waren mindestens tausend Dollar. Öffnete einfach seinen Goldsack und streute den Staub vor die Füße der Tanzenden ... Sie haben es natürlich schon gehört.«

»Ja, natürlich, heute morgen schon ... ich hätte nichts dagegen gehabt, Reinemachefrau zu sein. Aber ich verstehe noch immer nicht, was ich machen soll.«

»Jetzt hören Sie zu! Er war zu verrückt, und da habe ich unsere Verlobung aufgehoben, und jetzt läuft er herum, macht Theater und spielt den Mann mit dem gebrochenen Herzen ... und jetzt kommen wir zu dem springenden Punkt. Ich esse leidenschaftlich gern Eier.«

»Aber großer Gott!« schrie Kid verzweifelt. »Was in aller Welt haben die Eier mit mir zu tun?«

»Warten Sie doch ab.«

»Ja, aber sagen Sie mir doch, was Eier und Ihr Appetit mit dieser Sache zu tun haben?« fragte er.

»Sehr viel sogar, wenn Sie nur Geduld hätten.«

»Ach, Geduld, holde Himmelsgabe.«

»Also hören Sie bitte jetzt um Himmels willen zu! Ich liebe Eier über alles. Aber es gibt nur eine begrenzte Menge von Eiern hier in Dawson.«

»Vollkommen richtig. Das weiß ich auch. Die meisten hat Slavovitschs Restaurant. Schinken und ein Ei, drei Dollar! Schinken und zwei Eier – fünf Dollar. Das heißt also zwei Dollar das Ei, im Kleinhandel ... und es sind nur Protzen und natürlich Menschen wie die schöne kleine Lucille Arral oder wie Wild Water, die sich Eier leisten können.«

»Er liebt Eier auch«, erklärte sie weiter. »Aber darauf kommt es jetzt nicht an. Ich liebe sie! Ich pflege jeden Morgen um elf bei Slavovitsch zu frühstücken. Und ich esse immer zwei Eier.« Sie hielt inne, um Eindruck auf ihn zu machen. »Denken wir uns nun ... denken wir uns nun, daß jetzt irgend jemand in Eiern spekulieren würde.«

Sie wartete die Wirkung ihrer Worte ab und kassierte vergnügt die bewundernden Blicke ein, die Kid ihr sandte. Er mußte auch in seinem Herzen gestehen, daß Wild Water wirklich einen guten Geschmack bezeigt hatte, als er sie zu seiner Auserwählten machte.

»Sie hören ja gar nicht zu«, rief sie.

»Aber ja«, sagte er. »Nur weiter. Ich gebe das Rätselraten auf. Was soll ich denn antworten?«

»Gott, haben Sie eine lange Leitung! Sie kennen doch Wild Water. Wenn er sieht, daß ich Eier haben möchte ... und ich lese ja in ihm wie in einem offenen Buch ... und ich weiß auch, wie ich ihm zeigen soll, daß ich Lust auf Eier habe ... na, was glauben Sie, daß er dann tun wird?«

»Geben Sie lieber selbst die Antwort. Also weiter.«

»Nun ... er wird sofort zu dem Mann hinstürzen, der das Eiergeschäft gemacht hat. Er wird den ganzen Vorrat aufkaufen, einerlei, was es kostet. Also stellen Sie sich vor: Ich komme gegen elf in das Restaurant von Slavovitsch. Wild Water wird am Nebentisch sitzen. Er wird schon dafür sorgen, daß er da ist, wenn ich komme. ›Zwei Spiegeleier, bitte‹, werde ich dem Kellner sagen. ›Tut mir leid, Fräulein Arral‹, wird der Kellner antworten. ›Tut mir sehr leid, aber wir haben keine Eier mehr.‹ Dann sagt Wild Water mit seiner gewaltigen Brummbärstimme: ›Ober, sechs Eier, weich gekocht.‹ Und der Ober antwortet: ›Jawohl, Herr ...‹, und er bringt wirklich die Eier. Nächstes Bild: Wild Water wirft mir einen Blick zu, und ich sehe wie ein ganz außergewöhnlich entrüsteter Eiszapfen aus und rufe den Kellner: ›Tut mir wirklich sehr leid, Fräulein Arral‹, sagt er, ›aber die Eier da sind Privateigentum des Herrn Wild Water. Verstehen Sie, gnädiges Fräulein, er ist ihr Besitzer.‹ Neues Bild: Wild Water tut sein Bestes, um den Gleichmütigen zu markieren, während er triumphierend seine sechs Eier verzehrt.

Neues Bild: Herr Slavovitsch bringt mir in höchst eigener Person zwei Spiegeleier und sagt: ›Mit einem ergebenen Gruß von Herrn Wild Water, Fräulein.‹ Was kann ich dann tun? Natürlich nur Wild Water freundlich anlächeln, und dann sprechen wir uns selbstverständlich aus, und er wird es billig finden, selbst wenn er zehn Dollar für das Stück bezahlt hat, und zwar für alle vorhandenen Eier.«

»Nur weiter, immer weiter«, rief Kid. »Was habe ich denn mit der Geschichte zu tun?«

»Gott, sind Sie blöd! Sie machen doch eben die Spekulation in den Eiern. Und Sie müssen gleich anfangen, noch heute. Sie können sämtliche Eier in Dawson für drei Dollar das Stück kaufen und sie an Wild Water mit so viel Gewinn verkaufen, wie Sie wollen. Und nachher lassen wir dann durchsickern, wie alles zugegangen ist. Dann wird man Wild Water tüchtig auslachen! Vielleicht wird er dann vernünftiger werden ... Und wir beide werden die Ehre davon haben. Außerdem verdienen Sie eine Stange Gold dabei, und Dawson wird durch ein ordentliches Gelächter aus seinem Winterschlaf geweckt. Aber wenn Sie meinen, daß die Sache zu gefährlich ist, dann gebe ich Ihnen natürlich das Geld dazu.«

Das war doch zu starker Tabak für Kid. Da er nur ein sterblicher Mann des Westens mit den gewöhnlichen verschrobenen Vorstellungen von Geld und Frauen war, lehnte er mit tiefer Entrüstung ihr Angebot ab, ihm Goldstaub zur Verfügung zu stellen.

»Holla, Kurz!« brüllte Kid durch die Hauptstraße seinem Partner zu. Dort kam nämlich Kurz mit seinem langsamen, schlotternden Gang. In der einen Hand hielt er eine nicht eingepackte Flasche so, daß alle sie sehen konnten; der Inhalt schien gefroren zu sein.

Kid überschritt den Fahrdamm. »Wo warst du denn den ganzen Tag?« fragte er.

»Beim Doktor«, antwortete Kurz und hielt die Flasche hoch. »Sally ist nicht ganz in Ordnung. Als ich sie heute nacht fütterte, sah ich, daß sie die Haare im Gesicht und an den Flanken zu verlieren beginnt. Der Doktor sagt ...«

»Laß das jetzt«, unterbrach Kid ihn ungeduldig. »Was ich wollte ...«

»Was ist denn mit dir los?« fragte Kurz entrüstet und erstaunt. »Bei dem verflixten Wetter wird Sally eines schönen Tages ganz nackt herumspazieren müssen.«

»Laß Sally doch warten. Hör mal zu.«

»Ich sage dir ja, daß sie nicht warten kann. Es ist die reine Tierquälerei. Sie erfriert ja. Warum bist du denn plötzlich so verrückt?«

»Das werde ich dir schon erzählen. Aber du mußt mir einen Gefallen tun, Kurz.«

»Selbstverständlich«, sagte Kurz heiter. Er war sofort versöhnt und dienstbereit. »Was gibt's denn? Schieß nur los! Ich stehe ganz zu deiner Verfügung.«

»Ich möchte, daß du Eier für mich kaufst.«

»Schön ... und Kölnisch Wasser und Talkumpuder, wenn du willst! Und die arme Sally verliert unterdessen ihre Haare, daß es ein Skandal ist. Weißt du, Kid, wenn du ein so üppiges Leben führen willst, kannst du wirklich selbst deine Eier kaufen ...«

»Ich kaufe auch, aber du mußt mir behilflich sein. Halt jetzt die Schnauze, Kurz. Jetzt bin ich dran! Du gehst sofort zu Slavovitsch. Zahle bis zu drei Dollar das Stück, aber nimm alle, die er hat ...«

»Drei Dollar«, stöhnte Kurz. »Und ich habe noch gestern sagen hören, daß er nicht weniger als siebenhundert auf Lager hat. Zweitausendeinhundert Dollar für Eier! Ich will dir einen guten Rat geben, Kid. Lauf du lieber umgehend zum Doktor! Er wird dir schon sagen, was los ist. Und er nimmt höchstens eine Unze für die erste Untersuchung. Auf Wiedersehen nachher! Ich muß die Flasche nach Hause bringen.«

Aber Kid hielt seinen Partner an der Schulter fest.

»Kid, du weißt ja, daß ich alles für dich täte«, protestierte Kurz ernst. »Wenn du einen Schnupfen hättest und gleichzeitig mit gebrochenen Armen zu Bett lägest, würde ich Tag und Nacht neben dir sitzen und dir die Nase putzen. Aber ich will in alle Ewigkeit verflucht sein, wenn ich zweitausendeinhundert Dollar für Eier wegschmeiße.«

»Erstens sind es gar nicht deine Dollars, sondern meine, Kurz. Ich habe etwas vor. Ich will einfach sämtliche gesegneten Eier aufkaufen, die es in Dawson, in Klondike und am ganzen Yukon gibt. Du mußt mir dabei behilflich sein! Ich habe keine Zeit, dir zu erzählen, wie es mit dem Geschäft eigentlich zusammenhängt. Das tue ich hinterher, und du kannst halbpart machen, wenn du Lust hast. Aber jetzt gilt es, die Eier schnellstens zu bekommen. Also mach, daß du zu Slavovitsch kommst, und kauf alle, die er hat.«

»Aber was soll ich ihm denn sagen? Er weiß doch, daß ich sie nicht alle fressen kann.«

»Gar nichts sollst du ihm sagen. Geld spricht für sich. Er verkauft sie gekocht für zwei Dollar. Biete ihm bis zu drei für die ungekochten Eier. Wenn er neugierig werden sollte, kannst du ihm ja erzählen, daß du eine Hühnerfarm einrichten willst. Was ich haben muß, sind Eier. Also mach schnell! Und vergiß nicht, daß die kleine Frau auf der andern Seite der Sägemühle – die die Mokassins macht – auch welche hat.«

»Gut, wenn du durchaus willst, Kid. Aber Slavovitsch scheint ja derjenige zu sein, an den wir uns hauptsächlich heranmachen müssen.«

»Also beeil dich jetzt! Und heut abend werde ich dir die ganze Geschichte erzählen ...«

Aber Kurz schwenkte die Flasche. »Erst muß ich Sally kurieren. Solange können die Eier schon noch warten. Wenn sie bis jetzt nicht aufgefressen sind, werden sie es auch nicht, weil ich mich um einen armen kranken Hund kümmere, der mehr als einmal dein und mein Leben gerettet hat.«

Nie ging eine Spekulation schneller vor sich. Ehe drei Tage vergangen waren, hatten Kid und Kurz sämtliche Eier, die es in Dawson gab – ein paar Dutzend ausgenommen – in der Hand. Kid war beim Einkauf der Großzügigste gewesen. Ohne zu erröten gestand er, daß er einem alten Mann in Klondike City fünf Dollar das Stück für seine zweiundsiebzig Eier gegeben hatte. Kurz hatte die meisten gekauft und einen richtigen Kuhhandel dabei getrieben. Der Frau mit den Mokassins hatte er nur zwei Dollar das Ei gegeben, und er war ganz stolz, daß er Slavovitsch an die Wand gedrückt und seine siebenhundertundfünfzig Eier zu einem Durchschnittspreis von nur zweieinhalb Dollar bekommen hatte. Dagegen ärgerte er sich aufrichtig, daß das kleine Restaurant auf der andern

Seite der Straße einen Preis von eindreiviertel Dollar das Stück für hundertdreißig schäbige Eier verlangt hatte.

Die wenigen Dutzend, die noch übrig waren, befanden sich in den Händen von nur zwei Personen. Die eine, mit der Kurz verhandelte, war eine Indianerin, die in einer Hütte auf dem Hügel hinter dem Krankenhaus wohnte.

»Ich werde sie schon kleinkriegen«, erklärte Kurz am nächsten Morgen. »Du wäschst die Teller ab, Kid. Ich bin im Handumdrehen wieder da, wenn ich mir nicht die Zunge verrenken muß, um sie zu überreden. Laß mich mit Männern Geschäfte machen, wenn es sein soll, aber diese verdammten Frauenzimmer ... es ist einfach traurig, wie sie einen mit ihrem Quatsch aufhalten.«

Als Kid nachmittags zurückkehrte, fand er Kurz auf dem Boden sitzen, eifrig beschäftigt, Sallys Rute mit Öl einzureiben. Sein Gesicht war so ausdruckslos, daß es direkt verdächtig war.

»Na, wie ist es dir ergangen?« fragte Kurz gleichgültig.

»Nichts zu machen«, sagte Kid. »Hoffentlich hattest du Erfolg bei deiner Indianerin?«

Kurz wies triumphierend mit dem Kopf auf einen Eimer voller Eier, der auf dem Tisch stand. »Sieben Dollar das Stück«, gestand er, nachdem er noch einige Minuten schweigend die Rute des Hundes eingerieben hatte.

»Ich habe schließlich sogar zehn Dollar geboten«, erzählte Kid, »und dann sagte der Kerl mir, daß er die Eier schon verkauft hätte. Die Sache sieht also dreckig aus, Kurz. Es ist offenbar noch jemand auf dem Markt. Diese achtundzwanzig Eier können uns die ganze Suppe versalzen. Du weißt ja, daß der Erfolg lediglich davon abhängt, daß wir auch das letzte Ei haben.«

Er schwieg plötzlich, um seinen Partner anzustarren. Dessen Ausdruck hatte sich unverkennbar verändert ... er war sichtbar aufgeregt, verbarg es aber hinter einer Maske scheinbarer Beherrschung ... Dann machte Kurz die Salbenbüchse zu, wischte sich die Hände ruhig und bedächtig an Sallys dichtem Pelz ab, stand auf, ging in die andere Ecke, sah sich das Thermometer an und kam dann wieder zurück. Er sprach mit einer leisen, trockenen und übertrieben höflichen Stimme.

»Würdest du vielleicht die Güte haben zu wiederholen, wieviel Eier es waren, die der Mann dir nicht verkaufen wollte«, fragte er.

»Achtundzwanzig ...«

»Hm«, sagte Kurz bei sich und nickte gleichgültig zur Bestätigung mit dem Kopfe. Dann starrte er mit steigender Erbitterung auf den Ofen. »Du, Kid, wir müssen uns bald einen neuen Ofen bauen ... er ist falsch gebaut, der Ofen, unser Brot verbrennt immer.«

»Laß den Ofen«, rief Kid herrisch, »und sage mir, was los ist.«

»Los? Du willst wissen, was los ist? Bitte, dann hab nur die Güte, deine außergewöhnlich schönen Augen auf den Eimer zu richten, der auf dem Tisch da steht. Hast du ihn gesehen?«

Kid nickte.

»Gut, dann will ich dir etwas sagen: nur eine einzige Sache ... In dem Eimer sind ganz genau, weder mehr noch weniger, achtundzwanzig Eier! Und sie kosten, jedes verfluchte Ei, genau die enorme Summe von sieben herrlichen, großen, runden Dollar. Wenn du irgendwelche weiteren Auskünfte dringend brauchst, stehe ich dir ausschließlich zur Verfügung.«

»Nur weiter«, sagte Kid.

»Nun meinetwegen ... der Trottel, mit dem du gehandelt hast, war ein großer plumper Indianer ... nicht wahr?«

Kid nickte und nickte auch zu allen folgenden Fragen.

»Er hat nur eine Backe; die andere ist ihm fast ganz von einem Grisly abgerissen ... Nicht wahr? Er ist Hundehändler ... stimmt's? Er heißt ›Narbengesicht‹, richtig? Da ist es also, nicht wahr? Verstehst du?«

»Du meinst also, daß wir beide ...«

»Gegeneinander geboten haben. Uns überboten, ja. Daran ist nicht zu tippen. Die Indianerin ist seine Frau, und sie wohnen beide hinter dem Krankenhaus. Ich hätte die Eier für zwei Dollar das Stück haben können, wenn du nicht dazwischengekommen wärest.«

»Und ebenso wäre es gewesen«, lachte Kid, »wenn du dich nicht in die Sache gemischt hättest. Aber das ist an sich ganz schnuppe. Wir wissen jetzt, daß wir die Eier haben. Darauf kommt es ja schließlich an.«

Kurz verbrachte die nächste Stunde damit, mit einem Bleistiftstummel etwas auf den Rand einer drei Jahre alten Zeitung zu kritzeln. Und je unbestimmter und geheimnisvoller seine Figuren wurden, desto gemütlicher wurde er selbst.

»Hier steht's ...« sagte er »... schwarz auf weiß. Schön, nicht wahr? Donnerwetter ja. Laß dir mal die Gesamtsumme sagen. Du und ich besitzen in diesem seligen Augenblick nicht weniger als neunhundertdreiundsiebzig Eier. Sie kosten uns genau zweitausendsiebenhundertundsechzig Dollar, wenn ich den Goldstaub zum Kurs von sechzehn Dollar die Unze nehme und die Zeit nicht berechne. Und jetzt hör mal! Wenn es uns gelingt, Wild Water die Eier zu einem Stückpreis von zehn Dollar aufzuschwatzen, dann haben wir, rein netto gerechnet, alles in allem, sechstausendneunhundertundsiebzig Dollar verdient. Siehst du, das ist eine Buchführung, die sich gewaschen hat! Das kannst du jedem erzählen. Und ich mache halbpart mit dir. Es ist eine feine Sache, Kid.«

Gegen elf Uhr am selben Abend wurde Kid von Kurz aus tiefem Schlaf geweckt. Seine Pelzparka war mit frischem Reif bedeckt, und Kid fühlte an seinem Kinn, wie eiskalt seine Hände waren.

»Was ist denn jetzt los?« murrte Kid. »Hat Sally die letzten Haare verloren?«

»Unsinn! Aber ich muß dir ein paar gute Neuigkeiten mitteilen. Ich habe mit Slavovitsch gesprochen. Oder richtiger, Slavovitsch hat mit mir gesprochen, denn er war es, der anfing. Er sagte zu mir: ›Sie, Kurz, ich möchte mal wegen dieser Eiergeschichte mit Ihnen sprechen. Ich habe bisher mit keinem davon gesprochen. Niemand weiß, daß ich sie Ihnen verkauft habe. Aber wenn Sie eine Spekulation damit machen wollen, so kann ich Ihnen einen guten Tip geben.‹ Und das hat er auch getan, Kid. Nun, was glaubst du, was es für ein Tip war?«

»Nur weiter. Erzähle!«

»Schön ... vielleicht klingt es unwahrscheinlich. Aber der Tip war Herr Wild Water Charley! Er will Eier kaufen. Er kam bei Slavovitsch vorbei und bot ihm fünf Dollar das Stück, und ehe er ging, war er schon bei acht Dollar angelangt. Und der gute Slavovitsch hat ja keine Eier mehr. Das letzte, was Wild Water sagte, war, daß er dem Slavovitsch den Kopf abhauen würde, wenn er je hörte, daß Slavovitsch seine Eier irgendwo versteckt hätte. Slavovitsch mußte ihm erzählen, daß er die Eier verkauft hatte, daß aber der Käufer nicht bekannt zu werden wünschte.«

Und Kurz fügte hinzu: »Slavovitsch bat, Wild Water erzählen zu dürfen, wer die Eier bekommen hat. ›Kurz‹, sagte er, ›Wild Water wird sofort zu Ihnen laufen. Sie können ihm die Dinger für acht Dollar das Stück verkaufen.‹ ›Acht Dollar‹, sagte ich. ›Sie alte Großmama ... er wird zehn geben müssen, ehe ich mit ihm zu tun haben will.‹ Jedenfalls würde ich mir die Sache überlegen und ihm morgen früh Bescheid geben, sagte ich zu Slavovitsch. Natürlich werden wir ihm erlauben, Wild Water Bescheid zu sagen. Nicht wahr?«

»Selbstverständlich, Kurz. Gleich morgen früh werden wir Slavovitsch Bescheid geben. Laß ihn ruhig Wild Water erzählen, daß alle Eier dir und mir gehören.«

Fünf Minuten später wurde Kid wieder von Kurz geweckt.

»Du ... Kid ... Kid, zum Teufel ...«

»Ja?«

»Nicht einen Cent unter zehn Dollar, nicht?«

»Ganz einverstanden«, antwortete Kid schläfrig.

Am nächsten Morgen traf Kid zufällig wieder Lucille Arral am Ladentisch.

»Jetzt läuft die Sache«, rief er begeistert. »Sie läuft, wie sie soll. Wild Water war schon bei Slavovitsch und hat versucht, Eier von ihm zu kaufen oder aus ihm herauszuquetschen ... und in diesem heiligen Augenblick wird Slavovitsch ihm schon erzählt haben, daß Kurz und ich in Eiern spekulieren.«

Die Augen der hübschen Lucille Arral blitzten vor Freude.

»Ich gehe jetzt frühstücken«, rief sie. »Und ich werde Eier beim Kellner bestellen, und wenn es keine gibt, werde ich klagen und jammern, daß es ein steinernes Herz erweichen würde. Und Sie wissen ja, daß Wild Waters Herz gar nicht aus Stein ist. Er wird die Eier kaufen, und wenn es ihn seine sämtlichen Minen kosten sollte. Und Sie halten jetzt den Rücken steif! Ich bin nicht zufrieden, wenn Sie weniger als zehn Dollar das Stück bekommen; und wenn Sie wirklich billiger verkaufen, verzeihe ich es Ihnen nie.«

Als es Mittag wurde und beide zu Hause in ihrer Hütte saßen, stellte Kurz einen Topf Bohnen, die Kaffeekanne, eine Pfanne mit frischgebackenem Brot, eine Dose mit Butter und eine Büchse eingemachte Sahne auf den Tisch. Dann kam noch eine Schüssel mit dampfendem Elchbraten und Räucherspeck und eine Schüssel mit Kompott aus getrockneten Pfirsichen hinzu. Als alles bereitstand, rief Kurz zu Tisch: »Komm, Kid. Das Essen ist fertig! Aber sieh zuerst mal nach Sally.«

Kid legte das Hundegeschirr, an dem er gerade genäht hatte, beiseite, öffnete die Tür und sah, daß Sally und Bright mit großem Eifer und Gekeif dabei waren, eine Bande von Schlittenhunden, die auf Plünderung ausgegangen war, aus der Nachbarhütte zu verjagen. Er sah aber noch etwas, das ihn veranlaßte, die Tür schnell wieder zuzuwerfen und zum Ofen zu stürzen. Die Bratpfanne, die noch ganz heiß von dem Elchfleisch mit Speck war, stellte er wieder auf das vorderste Herdloch. Dann legte er einen tüchtigen Klumpen Butter darauf, nahm ein Ei, zerschlug es und warf es in die Pfanne, wo es in der heißen Butter zischte. Als er die Hand nach einem zweiten Ei ausstreckte, stellte Kurz sich neben ihn und hielt empört seinen Arm fest.

»Aber großer Gott, was tust du denn?« fragte er.

»Mache Spiegeleier«, erklärte ihm Kid, während er das zweite Ei zerschlug und sich von Kurz' Hand befreite, die ihn zurückhalten wollte. »Kannst du denn nicht mehr sehen?«

»Ist dir vielleicht nicht ganz wohl?« fragte Kurz seinerseits entrüstet, als Kid ein drittes Ei zerschlug und sich durch einen kräftigen Stoß vor die Brust von Kurz' Griff befreite. »Da hast du schon für dreißig Dollar Eier verschwendet.«

»Und ich werde für sechzig Dollar Eier braten«, lautete Kids Antwort, während er das vierte in die Pfanne warf. »Geh weg, Kurz. Wild Water ist unterwegs hierher; in fünf Minuten kann er schon hier sein.«

Kurz stieß einen tiefen Seufzer von Verständnis und Erleichterung aus und setzte sich an den Tisch. Fast im selben Augenblick wurde, wie erwartet, an die Tür geklopft. Kid setzte sich auch schnell an den Tisch, und jeder von ihnen hatte einen Teller mit drei heißen Spiegeleiern vor sich.

»Herein!« rief Kid.

Wild Water Charley – ein gutgewachsener junger Riese, der kaum um einen Zoll weniger als sechs Fuß maß und gut hundertneunzig Pfund wog – trat ein und gab ihnen die Hand.

»Nehmen Sie Platz, Herr Wild Water«, lud Kurz ihn ein. »Kid, mach doch ein paar Spiegeleier für ihn. Ich bin überzeugt, daß er schon als kleiner Junge gern Eier gegessen hat.«

Kid tat noch drei Eier in die Pfanne und setzte einige Minuten später die fertigen Spiegeleier dem Gast vor, der sie mit einem so seltsamen und gespannten Ausdruck anstarrte, daß Kurz später gestand, er hätte Angst gehabt, Wild Water würde die Eier gleich in die Tasche stecken und mitnehmen.

»Sehen Sie, die großen Leute in den Staaten haben es nicht viel besser als wir, was das Essen betrifft«, protzte Kurz. »Hier sitzen Sie und Kid und ich und essen Eier im Wert von neunzig Dollar, ohne mit der Wimper zu zucken.«

Wild Water starrte immer noch die Eier an, die mit verblüffender Schnelligkeit verschwanden. Er sah aus, als wäre er zu Stein geworden.

»Greifen Sie nur zu und essen Sie«, sagte Kid aufmunternd.

»Sie sind ... sind aber doch keine zehn Dollar wert«, sagte Wild Water langsam.

Kurz nahm die Herausforderung an. »Jede Sache hat den Wert, den man dafür bekommen kann ... nicht wahr?« sagte er.

»Ja ... aber ...«

»Gar kein Aber. Ich sage Ihnen ja nur, was wir dafür bekommen können. Zehn das Stück. Wir sind Eiertrust, Kid und ich, vergessen Sie das nicht.« Er stippte mit einer Brotkruste die Butter vom Teller. »Ich glaube, ich könnte noch ein paar essen«, seufzte er. Dann machte er sich an die Bohnen.

»Sie sollten aber nicht auf diese Weise Eier essen«, wandte Wild Water ein. »Das ist ... das ist einfach unrecht.«

»Wir sind nun mal auf Eier versessen, Kid und ich«, entschuldigte sich Kurz.

Wild Water leerte seinen Teller halb in Gedanken und starrte dann die beiden Partner mit etwas mißtrauischen Blicken an. »Sagt mal, Kameraden, ihr könntet mir einen großen Dienst erweisen«, begann er vorsichtig. »Verkauft mir ... oder leiht mir etwa ein Dutzend Eier.«

»Gern«, antwortete Kid. »Ich weiß ja selbst, was es heißt, Appetit auf Eier zu haben. Aber wir sind nicht so arm, daß wir unsere Gastfreundschaft zu verkaufen brauchen. Sie kosten nichts.« Als er so weit war, verriet ihm ein energischer Fußtritt unter dem Tisch, daß Kurz ängstlich zu werden begann. »Ein Dutzend, sagten Sie, Wild Water?«

Wild Water nickte.

»Du, Kurz«, fuhr Kid fort. »Brate sie doch für ihn! Ich verstehe ihn gut ... Ich habe selbst Augenblicke gehabt, da ich ein ganzes Dutzend essen konnte, eines nach dem andern.«

Aber Wild Water legte dem eifrigen Kurz die Hand auf den Arm, um ihn zurückzuhalten, und erklärte: »Ich meine ja nicht gebraten ... ich möchte sie roh mit der Schale haben.«

»Zum Mitnehmen?«

»Ganz recht.«

»Ja, aber das hat nichts mehr mit Gastfreundschaft zu tun«, wandte Kurz ein. »Das ist ja ... das ist Geschäft.«

Kid nickte zum Einverständnis. »Das ist ja etwas ganz anderes, Wild Water. Ich dachte, Sie wollten sie essen. Sehen Sie, wir haben sie ja auf Spekulation gekauft.«

Das stets gefährlich drohende Blau in Wild Waters Augen begann noch bedrohlicher auszusehen. »Ich will sie natürlich bezahlen«, sagte er schneidend.

»Wieviel?«

»Kein Dutzend natürlich«, antwortete Kid. »Wir können kein Dutzend verkaufen. Wir sind ja keine Kleinhändler. Wir sind eben Spekulanten geworden. Wir können uns doch nicht selbst den Markt verderben! Wir haben eine richtig gute Spekulation gemacht ...«

»Wie viele habt ihr denn, und was wollt ihr dafür haben?«

»Wie viele haben wir eigentlich, Kurz?« fragte Kid.

Kurz räusperte sich und begann laut nachzurechnen. »Laß mal sehen. Neunhunderteinundsiebzig weniger neun, das macht also neunhundertzwoundsechzig. Und wenn ich das Stück zu zehn Dollar rechne, macht die ganze Geschichte genau neuntausendsechshundertundzwanzig gute runde Dollar aus. Selbstverständlich sind wir kulante Kaufleute mit Dienst am Kunden und so weiter und geben das Geld für jedes Ei, das nicht gut ist, zurück. Aber das ist das einzige, was ich noch nie hier in Klondike gesehen ... ein schlechtes Ei. Niemand ist so verrückt, ein faules Ei hierherzubringen.«

»So ist's recht«, fügte Kid hinzu. »Wir geben das Geld für die schlechten Eier zurück, Wild Water. Und da haben Sie unseren Vorschlag: neuntausendsechshundertundzwanzig Dollar, und alle Eier, die es in Klondike gibt, gehören Ihnen.«

»Sie werden sicher den Preis auf zwanzig Dollar treiben und also Ihre Auslagen doppelt wieder einbringen können«, meinte Kurz.

Wild Water schüttelte melancholisch den Kopf und tröstete sich mit den Bohnen. »Das ist zu teuer, Kurz. Ich will ja nur einige wenige haben. Ich gebe euch zehn Dollar das Stück, wenn ihr mir ein paar Dutzend ablaßt.«

»Alle oder gar keine«, lautete Kids Ultimatum.

»Seht mal her, ihr beiden«, sagte Wild Water in einem plötzlichen Anfall von Vertrauensseligkeit. »Ich will ganz aufrichtig zu euch sein, aber ihr dürft es nicht zu weit treiben. Ihr wißt ja, daß ich mit Fräulein Arral verlobt war. Na, und sie hat jetzt mit mir gebrochen. Das wißt ihr natürlich auch ... alle Leute wissen es ja. Und die Eier möchte ich gern für sie haben.«

»Ach so«, sagte Kurz ironisch. »Dann begreifen wir schon, daß Sie sie ausgerechnet in den Schalen haben wollen. Aber das hätte ich doch nicht von Ihnen gedacht.«

»Was gedacht?«

»Das ist ja ein ganz gemeines Mittel, jawohl«, fuhr Kurz mit wachsender Entrüstung fort. »Und es sollte mich gar nicht wundern, wenn Ihnen jemand dafür eine Kugel durch den Kopf schösse ... verdienen täten Sie's.«

Wild Water war nahe daran, einen seiner bekannten Wutanfälle zu bekommen. Er ballte die Fäuste, bis die billige Gabel, die er hielt, sich zu krümmen begann, und seine blauen Augen blitzten feurige Warnungen. »Nun sagen Sie mal, Kurz, was meinen Sie denn? Wenn Sie etwas dabei im Sinne haben ...«

»Ich meine, was ich meine«, gab Kurz eigensinnig zurück. »Und Sie können darauf schwören, daß es keine Hinterlist ist. Wenn Sie etwas tun wollen, so kann es nur offen und ehrlich geschehen. Denn anders können Sie sie ja gar nicht schmeißen.«

»Was schmeißen?«

»Eier, Pflaumen, Fußbälle, was Sie wollen. Aber, Wild Water, machen Sie keine Dummheit! Für so etwas gibt es hier kein Publikum. Nur weil sie Sängerin ist, haben Sie kein Recht, sie mit Eiern zu bombardieren.«

Einen Augenblick schien es, als wollte Wild Water entweder einen Wutanfall oder einen Schlaganfall bekommen. Er trank schnell einen Schluck von dem heißen Kaffee und gewann langsam seine Selbstbeherrschung wieder. »Sie irren sich, Kurz«, sagte er mit kühler Ruhe. »Ich habe nicht die Absicht, sie mit Eiern zu bewerfen. Fällt mir nicht ein, Mensch!« brüllte er dann in plötzlich wachsender Erregung. »Ich will ihr die Eier schenken, auf einem Teller ... Spiegeleier, zum Teufel ... so ißt sie sie am liebsten.«

»Na, ich konnte mir ja schon denken, daß ich mich irrte ...«, erklärte Kurz großzügig, »... ich wußte ja, daß Sie solche Gemeinheiten nicht machen würden.«

»Das stimmt auch wirklich, Kurz«, sagte Wild Water versöhnlich. »Aber reden wir wieder geschäftlich. Ihr seht also, warum ich die Eier kaufen möchte.«

»Sie wollen also wirklich neuntausendsechshundertundzwanzig dafür zahlen?« fragte Kurz.

»Das ist der reine Nepp, jawohl«, erklärte Wild Water erbost.

»Geschäft, nur Geschäft«, erwiderte Kurz. »Sie glauben doch wohl nicht, daß wir die Eier nur unserer Gesundheit wegen aufgekauft haben?«

»Nee ... aber jetzt seid doch mal ein bißchen vernünftig«, sagte Wild Water eindringlich. »Ich möchte nur ein Dutzend haben. Ich gebe gern zwanzig Dollar das Stück. Was in aller Welt soll ich denn mit all den Eiern?«

»Deswegen brauchen Sie sich doch nicht aufzuregen«, beschwichtigte Kurz ihn. »Wenn Sie sie nicht haben wollen, ist die Sache ja erledigt. Wir zwingen Sie doch nicht, die Eier zu kaufen ...«

»Aber ich will sie ja haben«, klagte Wild Water.

»Na, dann wissen Sie ja, was sie kosten ... es macht genau neuntausendsechshundertundzwanzig Dollar, und wenn ich falsch gerechnet habe, komme ich für den Fehler auf.«

»Aber vielleicht tun die Eier es gar nicht«, wandte Wild Water ein. »Vielleicht hat Fräulein Arral jetzt gar keinen Appetit mehr auf Eier.«

»Ich muß zugeben, daß Fräulein Arral schon den Preis für die Eier wert ist«, warf Kid ruhig ein.

»Wert?« Wild Water wurde so eifrig, daß er aufstand. »Sie ist eine Million wert. Sie ist alles wert, was ich habe. Sie ist alles Gold wert, das es in Klondike gibt.« Er setzte sich wieder und fuhr dann mit ruhiger Stimme fort: »Aber deshalb brauche ich doch nicht zehntausend Dollar für ein Frühstück für sie wegzuschmeißen. Ich will euch einen Vorschlag machen. Leiht mir ein Dutzend von diesen verdammten Eiern. Ich werde sie Slavovitsch geben. Er wird sie wieder Fräulein Arral mit einem Gruß von mir geben. Es ist schon länger als hundert Jahre her, daß sie mich angelächelt hat. Wenn die Eier mir ein Lächeln von ihr eintragen, dann nehme ich euch den ganzen Laden ab.«

»Wollen wir einen Vertrag in diesem Sinne abschließen?« sagte Kid schnell. Er wußte ja genau, Lucille Arral würde Wild Water anlächeln, wenn sie die Eier bekam.

Wild Water ächzte. »Ihr seid ja verdammt schnell hier oben, wenn es sich um Geschäfte handelt.«

»Wir nehmen ja nur Ihren eigenen Vorschlag an«, antwortete Kid.

»Das ist wahr ... also bringt das Papier ... und legt mir Handschellen an«, rief Wild Water.

Kid verfaßte die Urkunde, durch die Wild Water sich verpflichtete, sämtliche Eier, die ihm geliefert wurden, zum Preise von zehn Dollar das Stück abzunehmen, vorausgesetzt, daß die zwei Dutzend, die ihm zur Verfügung gestellt wurden, ihm ein Lächeln von Lucille Arral eintrugen.

Als Wild Water die Feder, mit der er eben unterzeichnen wollte, in der erhobenen Hand hielt, besann er sich. »Einen Augenblick«, sagte er. »Wenn ich Eier kaufe, nehme ich nur gute Eier ab.«

»Es gibt ja gar keine schlechten Eier in Klondike«, erklärte Kurz entrüstet.

»Ganz einerlei ... wenn ich ein schlechtes Ei finde, müßt ihr es mir ersetzen ...«

»Einverstanden«, sagte Kid vermittelnd.

»Und ich verpflichte mich, alle schlechten Eier aufzufuttern«, fügte Kurz hinzu.

Kid schob das Wort »gut« in den Vertrag ein, und Wild Water unterzeichnete mürrisch. Dann bekam er die zwei Dutzend, die er zur Probe genommen hatte, zog sich die Handschuhe an und öffnete die Tür.

»Guten Abend, ihr beiden Räuber«, knurrte er und knallte wütend die Tür zu ...

Am nächsten Morgen war Kid ein gespannter Zuschauer des Auftritts, der sich im Restaurant von Slavovitsch abspielte. Er war von Wild Water eingeladen worden, und sie saßen zusammen am Tisch neben dem, an welchem Fräulein Arral zu sitzen pflegte. Alles ging wirklich fast wortgetreu vor sich, wie sie es vorausgesagt hatte.

»Haben Sie wirklich immer noch keine Eier«, fragte sie den Kellner mit rührend-kläglicher Stimme.

»Nein, meine Dame«, lautete die Antwort. »Irgend jemand in Dawson hat sämtliche Eier aufgekauft. Herr Slavovitsch hat selbst versucht, extra für Sie ein paar zu kaufen. Aber der Spekulant will nichts abgeben.«

Eben in diesem Augenblick rief Wild Water den Besitzer zu sich, legte ihm die Hand auf die Schulter und zog seinen Kopf zu sich herab, um ihm etwas ins Ohr flüstern zu können.

»Hören Sie mal, Slavovitsch«, sagte Wild Water leise und heiser. »Ich habe Ihnen doch heute nacht ein paar Dutzend Eier gegeben. Wo haben Sie die?«

»Im Safe ... mit Ausnahme von den sechs, die ich schon aufgetaut und für Sie bereitgestellt habe ...«

»Ich will sie ja gar nicht selber haben«, flüsterte Wild Water noch leiser und heiserer. »Machen Sie Spiegeleier daraus und lassen Sie sie Fräulein Arral reichen.«

»Ich werde sie persönlich servieren«, versicherte ihm Herr Slavovitsch.

»Und vergessen Sie nicht ... mit einem Gruß von mir«, fügte Wild Water hinzu und ließ die Schulter des Wirtes wieder los.

Die hübsche Lucille Arral starrte gerade verzweifelt ihr aus einem kleinen Häppchen Speck und Kartoffelmus bestehendes Frühstück an, als Herr Slavovitsch die zwei Spiegeleier auf ihren Tisch stellte.

»Mit einem ergebenen Gruß von Herrn Wild Water«, hörten die beiden am Nachbartisch ihn sagen.

Kid mußte einräumen, daß sie blendend Komödie zu spielen verstand ... dieser schnelle, freudige Blick in ihren Augen, die impulsive Drehung des Köpfchens, der halb unfreiwillige Vorläufer eines Lächelns, das durch eine bewundernswerte Selbstbeherrschung zurückgehalten wurde, mit der sie sich auch wieder dem Wirt zuwandte, um einige freundliche Worte zu sagen. Kid merkte, daß Wild Waters Fuß im Mokassin ihm unter dem Tisch ein Zeichen gab.

»Wird sie sie auch essen ... darauf kommt es ja an ... ob sie sie jetzt auch wirklich essen will?« flüsterte er, ganz außer sich vor Spannung.

Und als sie heimlich Lucille beobachteten, sahen sie, wie sie einen Augenblick zögerte, nahe daran war, die Schüssel fortzuschieben, dann aber doch der Versuchung unterlag.

»Ich nehme die Eier also«, sagte Wild Water zu Kid ... »Der Vertrag tritt jetzt in Kraft. Haben Sie sie beobachtet? Haben Sie alles gesehen? Sie war nahe daran zu lächeln! Ich kenne sie ... Es ist alles in Ordnung. Morgen wieder zwei Eier, dann wird sie mir verzeihen, und wir werden uns wieder aussöhnen. Wenn sie nicht dabei wäre, würde ich Ihnen die Hand schütteln, Kid ... ich bin Ihnen wirklich dankbar. Sie sind gar kein Räuber, wie ich gestern sagte ... Sie sind ein ... ein Menschenfreund.«

Kid kehrte triumphierend in die Hütte auf dem Hügel zurück und fand dort Kurz, der einsam in schwarzer Verzweiflung dasaß und Karten legte. Wenn sein Partner allein Karten legte, dann – das wußte Kid – bedeutete es, daß der Himmel über ihm eingestürzt war.

»Geh ... sprich lieber nicht zu mir«, lautete die erste Abfuhr, die Kid bekam.

Kurz taute indessen bald auf und begann frisch von der Leber weg zu erzählen.

»Jetzt ist's vorbei mit dem großen Schweden«, stöhnte er. »Unsere Spekulation ist zum Teufel gegangen. Morgen werden sie in allen Kneipen Sherry mit einem Ei für einen Dollar das Glas verkaufen. Es gibt kein hungriges Waisenkind in ganz Klondike, das sich nicht in Eiern vollfressen kann. Was, glaubst du, hab' ich heute erlebt? Einen verfluchten Idioten hab' ich getroffen, der dreitausend Eier hergebracht hat ... verstehst du? Dreitausend ... direkt aus Forty Mile.«

»Das ist doch nicht wahr«, meinte Kid zweifelnd.

»Wahr wie die Hölle ... ich hab' ja die Eier höchst persönlich gesehen. Gauteraux heißt der Lümmel ... ein großer, blöder blauäugiger Bengel von französischem Kanadier. Erst fragte er nach dir, dann nahm er mich beiseite und traf mich direkt ins Herz! Es war unsere Eierspekulation, die ihn auf den Weg gebracht hatte. Er hatte von den dreitausend gehört, die in Forty Mile lagen, ging einfach hin und kriegte sie. ›Zeigen Sie sie mir‹, sagte ich zu ihm. Und das tat er auch. Da stand sein Hundegespann mit ein paar indianischen Fahrern, die am Uferhang so warteten, wie sie soeben aus Forty Mile gekommen waren. Und auf dem Schlitten lagen Seifenkisten ... dünne hölzerne Kisten.

Wir nahmen eine mit auf das Eis, mitten auf den Fluß, und öffneten sie. Eier, so wahr ich lebe! Unmengen von Eiern! Alle in Sägespäne eingepackt. Wir haben das Spiel verloren, Kid. Wir haben eben Hasard gespielt. Weißt du, was er die Frechheit hatte, mir zu sagen? Daß wir sie alle für zehn Dollar das Stück bekommen könnten. Und weißt du, was er tat, als ich seine Hütte verließ? Er zeichnete ein Plakat, auf dem er die Eier zum Verkauf anbot. Sagte, er habe uns das Vorkaufsrecht gegeben, für zehn Dollar das Stück bis zwei Uhr heut nachmittag ... und wenn wir bis dahin nicht handelseinig seien, würde er uns das Geschäft verderben. Er sagte, er sei kein Geschäftsmann, aber er könne schon sehen, wenn eine Sache gut wäre ... und damit meinte er, soviel ich verstehen konnte, dich und mich.«

»Das ist ja alles nicht so schlimm«, sagte Kid zufrieden. »Verlier nur nicht den Kopf und laß mich einen Augenblick überlegen. Hier helfen nur kaltes Blut und schnelles Handeln! Um zwei Uhr werde ich Wild Water hierherbestellen, um die Eier abzunehmen. Inzwischen kaufst du die Eier von Gauteraux. Versuch, den Preis zu drücken. Aber selbst wenn du zehn Dollar das Stück bezahlen mußt, wird Wild Water sie uns ja zum selben Preis abnehmen müssen. Wenn du sie billiger kriegst, schön, dann verdienen wir auch an ihnen. Aber sorg dafür, daß sie nicht später als bis zwei Uhr hier sind. Leih dir die Hunde von Oberst Bowie und nimm auch unser Gespann mit. Punkt zwei mußt du hier sein.«

»Du, Kid ...«, rief Kurz, als sein Partner die Anhöhe hinabging. »Nimm lieber einen Regenschirm mit. Es sollte mich nicht wundern, wenn es Eier zu regnen begänne, bevor du zurückkommst.«

Kid fand Wild Water bei M. & M., und es wurde eine ziemlich stürmische Sitzung.

»Ich muß Ihnen sagen, daß wir noch einige Eier dazubekommen haben«, sagte Kid, als Wild Water sich bereit erklärt hatte, den Goldstaub um zwei Uhr nach der Hütte zu bringen und die Ware bei sofortiger Abnahme zu bezahlen.

»Ihr habt offenbar mehr Glück bei eurer Eiersuche als ich«, gab Wild Water zu. »Nun, wie viele Eier habt ihr denn im ganzen, und wieviel Staub muß ich mitbringen?«

Kid schlug in seinem Notizbuch nach. »So, wie es jetzt steht, macht es nach Kurz' Berechnung genau dreitausendneunhundertzweiundsechzig Eier ... multipliziert mit zehn ...«

»Vierzigtausend Dollar«, brüllte Wild Water. »Sie sagten doch, es wären im ganzen nur ungefähr neunhundert Eier da! Das ist ja der reine Nepp ... da mach ich nicht mit.«

Kid zog den Vertrag aus der Tasche und zeigte auf die Worte: »Zahlbar bei Abnahme.« »Es steht kein Wort da, wie viele Eier abzunehmen sind. Sie haben sich bereit erklärt, zehn Dollar für jedes Ei zu zahlen, das wir Ihnen liefern. Wir haben die Eier bekommen, und Vertrag bleibt Vertrag! Ich gebe gern zu, daß wir nichts von den Eiern wußten, als wir mit Ihnen abschlossen. Aber dann kauften wir sie, um uns das Geschäft nicht zu verderben.«

Fünf lange Minuten herrschte ein schwüles Schweigen. Wild Water kämpfte einen schweren Kampf mit sich. Dann gab er widerstrebend nach.

»Ich bin im Nachteil«, sagte er mit gebrochener Stimme. »Das ganze Land scheint Eier auszuspucken. Und je schneller ich die Sache erledige, um so besser! Sonst gibt es noch eine wahre Sturzflut von Eiern. Ich werde um zwei Uhr bei euch sein ... aber vierzigtausend Dollar!«

»Es sind übrigens nur neununddreißigtausendsechshundertundzwanzig«, berichtigte Kid.

»Das wiegt mehr als zweihundert Pfund«, wütete Wild Water. »Ich muß das Geld mit einem Gespann hinausfahren.«

»Wir werden Ihnen unsere Hunde zur Verfügung stellen, um die Eier abzutransportieren«, erbot sich Kid freundlich.

»Aber wo, zum Teufel, soll ich sie aufbewahren? Wo schaffe ich sie nur hin? Na ... nichts zu machen. Um zwei bin ich da. Aber solange ich lebe, werde ich kein Ei mehr anrühren.«

Um halb zwei kam Kurz, der den schroffen Hang hinauf ein doppeltes Gespann gebraucht hatte, mit Gauteraux' Eiern an. »Wir können unsern Gewinn, hol' mich der Teufel, fast verdoppeln«, erzählte er Kid, als sie die Seifenkisten in die Hütte brachten. »Ich hab' den Preis auf acht Dollar gedrückt. Nachdem er zuerst ganz verdammt auf französisch geflucht hatte, gab er schließlich nach. Wir haben also einen regulären Nettoprofit von zwei Dollar das Ei, und es sind im ganzen dreitausend. Ich habe sie in bar bezahlt. Hier hast du die Quittung ...«

Während Kid die Goldwaage hervornahm und alles für die Ablieferung der Ware bereitmachte, vertiefte Kurz sich in Berechnungen.

»Hier haben wir es schwarz auf weiß«, berichtete er triumphierend. »Es ergibt einen Gewinn von zwölftausendneunhundertsiebzig Dollar. Und Wild Water tun wir nichts Böses an. Er gewinnt ja seine Lucille dabei. Außerdem bekommt er alle die herrlichen Eier. Es ist also für beide Teile ein gutes Geschäft. Keiner wird geschädigt.«

»Selbst Gauteraux verdient seine vierundzwanzigtausend«, lachte Kid. »Natürlich mit Abzug seiner Unkosten für Kauf und Transport der Eier. Und wenn Wild Water die Eier hält, kann er auch noch einen Profit herauspressen.«

Als Kurz um Punkt zwei hinausguckte, sah er Wild Water den Hügel heraufkommen. Als er in die Hütte trat, war er kurz angebunden und sehr geschäftsmäßig.

»Bringt die Eier her, ihr Räuber«, begann er. »Und ich gebe euch den guten Rat, nie mehr in meiner Anwesenheit von Eiern zu reden, jedenfalls nicht, wenn ihr in Freundschaft mit mir leben wollt.«

Sie machten den Anfang mit den verschiedenen Posten des ursprünglichen Corners, und alle drei beteiligten sich an der Nachzählung. Als die ersten zweihundert erreicht waren, zerschlug Wild Water plötzlich ein Ei am Tischrand.

»Hallo ... was soll das ...!« protestierte Kurz.

»Es ist ja mein Ei, oder etwa nicht?« brummte Wild Water mürrisch. »Ich bezahle ja meine zehn guten Dollar dafür, nicht wahr? Aber ich pflege keine Katze im Sack zu kaufen. Wenn ich zehn runde Dollar für ein Ei zahlen muß, will ich auch wissen, daß es gut ist.«

»Wenn es Ihnen nicht gut genug ist, bin ich bereit, es zu essen«, erbot sich Kurz ironisch.

Wild Water guckte das Ei an, beroch es und schüttelte den Kopf. »Nee, daraus wird nichts, Kurz. Das Ei ist gut! Geben Sie mir einen Topf. Ich werde es heut abend selber essen.«

Dreimal noch zerschlug Wild Water versuchsweise ein Ei, aber sie waren alle gut, und er tat sie in den neben ihm stehenden Topf.

»Es sind zwei mehr, als Sie gerechnet haben, Kurz«, sagte er, als sie endlich sämtliche Eier nachgezählt hatten. »Neunhundertdreiundsechzig, nicht einundsechzig.«

»Da hab' ich mich also geirrt«, gab Kurz artig zu. »Die kriegen Sie als Gratisbeigabe.«

»Glaub schon, daß ihr euch den Spaß leisten könnt«, räumte Wild Water grimmig ein. »Den Posten nehme ich also ab. Neuntausendsechshundertzwanzig Dollar. Ich bezahle gleich! Schreiben Sie die Quittung aus, Kid.«

»Warum nehmen Sie nicht lieber auch gleich den Rest ab?« schlug Kid vor. »Dann können Sie alles auf einmal zahlen.«

Wild Water schüttelte den Kopf. »Ich bin nicht so gut im Rechnen. Jeder Posten für sich und kein Fehler, das ist meine Methode.«

Er trat zu seinem Pelz und zog aus den Taschen zwei Beutel mit Goldstaub, die so dickbäuchig und lang waren, daß sie wie Salamiwürste aussahen.

Als er den ersten Posten bezahlt hatte, blieben nur wenige hundert Dollar in den Säcken.

Jetzt wurde eine Seifenkiste auf den Tisch gestellt, und sie begannen die dreitausend abzuzählen. Als sie die ersten hundert voll hatten, schlug Wild Water ein Ei hart gegen die Kante des Tisches. Es ging aber nicht entzwei.

»Durch und durch gefroren«, sagte er und schlug noch härter. Dann hielt er das Ei hoch, und sie sahen alle drei, daß die Schale an der Stelle, wo er sie gegen den Tisch geschlagen, in ganz feine Stückchen zersplittert war.

»Hm«, sagte Kurz. »Es muß ja auch gefroren sein, da es eben erst den weiten Weg von Forty Mile hierhergebracht worden ist. Wir müssen es mit einer Axt zerschlagen.«

»Dann geben Sie eine Axt«, sagte Wild Water.

Kid holte die Axt, und mit dem sicheren Auge und der geübten Hand des Holzfällers teilte Wild Water das Ei mit einem Hieb in zwei gleiche Teile. Das Aussehen des Eis war durchaus nicht befriedigend. Kid wurde von einer unheimlichen Ahnung durchschauert. Kurz war zuversichtlicher. Er hielt die eine Hälfte an seine Nase.

»Riecht sehr gut«, sagte er.

»Aber sieht verdammt schlecht aus«, behauptete Wild Water. »Stinken kann es ja gar nicht, weil der Geruch mitgefroren ist. Warten Sie nur einen Augenblick, dann werden Sie es schon merken.«

Er legte beide Hälften in eine Bratpfanne, die er dann auf den heißen Ofen stellte. Dann standen die drei Männer eine Weile da und warteten mit weit geöffneten Nüstern der Dinge, die da kommen sollten. Langsam begann ein unverkennbarer Geruch sich durch den Raum zu verbreiten. Wild Water blieb stumm, und auch Kurz schwieg, obgleich er schon überzeugt war.

»Werfen Sie es weg«, rief Kid, nach Luft schnappend.

»Was hilft das?« fragte Wild Water. »Wir müssen die andern ja auch nachprüfen.«

»Nicht hier im Haus.« Kid hustete, und ihm wurde recht übel. »Zerschlagen Sie sie mit dem Beil, dann brauchen wir sie nur anzusehen. Schmeiß es doch weg, Kurz ... hinaus damit! Pfui Deibel!«

Kiste auf Kiste wurde geöffnet. Ein Ei nach dem andern wurde in zwei Stücke zerschlagen. Und jedes trug dieselben unverkennbaren Merkmale; sie waren ohne Ausnahme unrettbar und hoffnungslos verdorben.

»Ich verlange nicht, daß Sie alle aufessen, Kurz«, spottete Wild Water. »Und wenn Sie nichts dagegen haben, will ich mich schleunigst aus dem Staube machen. Mein Vertrag lautet auf gute Eier! Wenn Sie mir einen Schlitten und Ihr Gespann zur Verfügung stellen wollen; werde ich die guten Eier entführen, bevor sie angesteckt sind.«

Kid half ihm die Eier auf den Schlitten zu verstauen. Kurz blieb am Tisch sitzen, die Karten vor sich, bereit, sobald sie allein waren, eine Patience zu legen.

»Sagen Sie mal, wie lange habt ihr beide eigentlich die Eier gehalten?« lauteten die spöttischen Abschiedsworte Wild Waters.

Kid gab keine Antwort, sondern begann, nach einem schnellen Blick auf seinen Partner, die Seifenkisten in den Schnee hinauszuwerfen.

»Sag mal, Kurz, wieviel hast du eigentlich für die dreitausend bezahlt?«

»Acht Dollar ... Aber geh, sprich nicht ... ich rechne genauso gut wie du. Wir haben siebzehntausend Dollar an der Geschichte verloren, wenn jemand auf einem Schlitten angefahren kommen sollte, um dich zu fragen. Ich hab' es ausgerechnet, während wir warteten, daß das erste Ei schmelzen sollte.«

Kid überlegte einige Minuten, dann begann er wieder zu sprechen: »Sag mal, Kurz. Vierzigtausend Dollar wiegen gut zweihundert Pfund. Wild Water lieh sich unsern Schlitten und unser Gespann, um die Eier wegzuschaffen. Er kam ohne Schlitten den Hügel herauf. Die beiden Säcke mit Goldstaub, die er in den Taschen trug, hatten ein Gewicht von kaum zwanzig Pfund je. Wir hatten verabredet, daß er bei Abnahme bezahlen sollte. Und doch brachte er nur so viel Staub mit, daß er die guten Eier bezahlen konnte. Er hatte offenbar gar nicht daran gedacht, die dreitausend zu bezahlen. Mit andern Worten: er wußte, daß sie schlecht waren. Und wie hat er denn wissen können, daß sie nicht gut waren? ... Was meinst du dazu, Kurz?«

Kurz sammelte die Karten und mischte sie, um eine neue Patience zu legen, hielt dann aber inne: »Hm ... die Frage ist ja sehr einfach. Jedes Kind kann sie beantworten. Wir haben siebzehntausend Dollar verloren. Wild Water hat also siebzehntausend gewonnen. Die Eier von Gauteraux haben die ganze Zeit Wild Water gehört. Möchtest du sonst noch etwas wissen?«

»Ja«, sagte Kid. »Warum hast du denn nur die Eier nicht untersucht, bevor du sie bezahltest?«

»Ebenso einfach wie deine erste Frage. Wild Water hat das verfluchte Spiel auf Minute und Sekunde zurechtgelegt. Ich mußte mich schon genug beeilen, um sie herzubringen, so daß wir sie rechtzeitig liefern konnten. Und jetzt, Kid, mußt du mir erlauben, dir eine offene, anständige Frage zu stellen: Wie hieß der Mann, der die Idee zu dieser Spekulation gab?«

Kurz hatte seine sechzehnte Patience verloren, und Kid war schon dabei, das Abendbrot vorzubereiten, als Oberst Bowie an die Tür klopfte, Kid einen Brief überreichte und gleich nach seiner eigenen Hütte weiterging.

»Hast du sein Gesicht gesehen?« wütete Kurz. »Er mußte sich ordentlich zusammennehmen, um ernst zu bleiben. Jetzt gibt es ein Mordsgelächter ... aber auf unsere Kosten, Kid. Wir werden nie wieder den Mut haben, unsere Gesichter in Dawson sehen zu lassen.«

Der Brief war von Wild Water, und Kid las ihn vor:

»Liebe Freunde Kid und Kurz!

Ich schreibe, um Euch zu bitten, mich mit Eurer Anwesenheit heute abend zu einem Essen im Restaurant Slavovitsch zu beehren. Fräulein Arral wird kommen und Gauteraux ebenfalls. Er und ich waren in Circle vor fünf Jahren Kompagnons. Er ist in jeder Beziehung ein ausgezeichneter Mensch und wird mein Trauzeuge sein. Was die Eier betrifft, so kamen sie schon vor fünf Jahren ins Land. Sie waren bei der Ankunft verdorben. Sie waren es schon, als sie Kalifornien verließen. Sie sind überhaupt immer verdorben gewesen. Einen Winter haben sie in Carluk und einen in Nutlik verbracht, wo sie gegen Erstattung der Lagerspesen verkauft

82

wurden. Diesen Winter werden sie vermutlich in Dawson verbringen. Aber lagern Sie sie nicht in einem geheizten Raum! Lucille sagt, ich soll Ihnen sagen, daß Sie beide und ich Dawson jetzt ein paar gemütliche Stunden verschafft haben. Und ich sage, daß Sie eine Runde schmeißen müssen; darüber kann kein Zweifel sein.

Ihr ergebener Freund
W. W.«

»Na, was sagst du nun?« fragte Kid. »Wir nehmen die Einladung natürlich an, nicht wahr?«

»Eins möchte ich aber doch noch bemerken«, antwortete Kurz, »nämlich, daß Wild Water nie zu hungern braucht, wenn es ihm schiefgehen sollte. Denn er ist ein guter Schauspieler ... ein ganz gottverfluchter, gerissener Schauspieler. Und dann muß ich noch bemerken, daß meine Zahlen alle falsch gewesen sind. Wild Water hat einen Gewinn von siebzehntausend Dollar gehabt, aber in Wirklichkeit hat er noch mehr gewonnen. Wir beide haben ihm alle guten Eier, die es in Klondike gibt, geschenkt ... neunhundertvierundsechzig, davon zwei als Gratiszugabe. Und er war so unsagbar knickerig, daß er die drei, die er öffnete, in einem Topf mitnahm! Und dann habe ich noch eine letzte Bemerkung zu machen. Wir beide sind Grubenbesitzer und verstehen uns auf Goldminen. Wenn es sich aber um richtige ›Geschäfte‹ handelt, sind wir die armseligsten Trottel, die je die verrückte Idee bekommen haben, schnell reich zu werden. Nach dieser Geschichte haben wir nichts anderes zu tun, als uns an unzugängliche Felsen und große Baumstämme zu halten ... und wenn du noch einmal das Wort Ei aussprichst, dann sind wir geschiedene Leute ... Verstanden?«

Die neue Stadt

Kid und Kurz, die aus entgegengesetzten Richtungen kamen, trafen sich an der Ecke, wo das Schanklokal »Elchgeweih« lag. Kid sah sehr vergnügt aus und ging flott und rasch, während Kurz anscheinend sehr niedergeschlagen dahertrottete.

»Was ist los?« fragte Kid übermütig.

»Ich will ewig verflucht sein, wenn ich es selbst ahne«, gab Kurz mißmutig zur Antwort. »Ich möchte es tatsächlich gern wissen. Es gibt auch nichts, was mich ein bißchen aufrütteln könnte. Zwei Stunden lang habe ich die blödesten, langweiligsten Patiencen gelegt ... keine Aufregung, keine Trümpfe, nichts zu machen. Dann habe ich ein paar Robber Whist mit Skiff Mitchel um Schnäpse gespielt, und jetzt sehne ich mich so nach einem Erlebnis, daß ich die Straße hier auf und ab laufe in der Hoffnung, daß es wenigstens eine Hundekeilerei oder einen Streit oder sonst irgendwas geben möchte.«

»Da hab' ich was Besseres auf Lager«, antwortete Kid, »deshalb bin ich auf der Suche nach dir. Komm mit.«

»Jetzt?«

»Ja, natürlich ...«

»Wohin denn?«

»Über den Fluß, um dem alten Dwight Sanderson einen Besuch abzustatten.«

»Hab' nie was von dem gehört«, gab Kurz mißmutig zur Antwort, »... auch noch nie, daß überhaupt jemand auf der andern Seite des Flusses lebt. Warum in aller Welt wohnt er denn da? Ist er vollkommen verrückt?«

»Er hat was zu verkaufen«, lachte Kid.

»Hunde? Oder eine Goldmine? Vielleicht Tabak?«

Kid schüttelte zu jeder Frage den Kopf.

»Komm nur mit, dann wirst du schon sehen, was es ist. Ich will es jedenfalls kaufen ... und wenn du willst, kannst du halbpart mit mir machen.«

»Sag nur um Gottes willen nicht, daß es Eier sind«, rief Kurz, und sein Gesicht verzog sich zu einem Grinsen, das halb drollig, halb spöttisch war.

»Komm nur mit«, erklärte Kid, »ich lasse dich noch zehnmal raten, während wir über das Eis gehen.«

Sie kletterten den schroffen Hang am Ende der Straße hinab und erreichten den eisbedeckten Yukon. Dreiviertel Meilen entfernt sahen sie gerade vor sich das andere Ufer mit seinen noch schrofferen Felsen. Dazwischen schlängelte sich, von vielen zerborstenen Eisblöcken unterbrochen, eine schmale, nur wenig benutzte Schlittenspur. Kurz trottete dicht hinter Kid her und verbrachte die Zeit mit zahlreichen Versuchen, zu enträtseln, was Dwight Sanderson wohl in seiner Hütte zu verkaufen hätte.

»Rentiere? Eine Kupfermine? Oder eine Ziegelei? Das war mein erster Versuch, das Rätsel zu lösen! Bären- oder andere Felle? Lotterielose? Eine Kartoffelfarm?«

»Jetzt kommst du der Sache schon näher«, ermunterte ihn Kid.

»Zwei Kartoffelfarmen? Eine Käsefabrik? Ein Binsengut?«

»Du irrst dich gar nicht so sehr, Kurz, bist gar nicht so weit von der Wahrheit entfernt, wie du selber glaubst.«

»Ein Steinbruch?«

»Jetzt bist du fast ebenso nahe daran wie mit dem Binsengut und der Kartoffelfarm.«

»Sei mal einen Augenblick ruhig, ich muß nachdenken! Ich darf noch einmal raten.«

Zehn Minuten vergingen im Schweigen.

»Weißt du, Kid, ich versuche es gar nicht mehr. Wenn das Ding, das du kaufen willst, so ähnlich lautet wie eine Kartoffelfarm, ein Binsengut und ein Steinbruch, dann geb' ich es lieber gleich auf. Und ich werde mich auch nicht an dem Geschäft beteiligen, bevor ich es gesehen habe und mir meine Meinung darüber bilden kann.«

»Gut ... du wirst ja bald genug die Karten auf dem Tische sehen. Guck mal dort hinauf ... Siehst du den Rauch aus der Hütte? Da wohnt der alte Dwight Sanderson. Er hat Grundstücke genug für eine ganze Stadt.«

»Was hat er sonst noch?«

»Weiter nichts«, lachte Kid. »Das heißt, er hat auch Gicht ... das hab' ich wenigstens gehört.«

»Sag mal ...« Kurz streckte die Hand aus, packte seinen Kameraden an der Schulter und zwang ihn stehenzubleiben. »Du willst mir doch nicht einreden, daß du auf diesem vollkommen verrückten Land Grundstücke für eine Stadt kaufen willst?«

»Jetzt hast du das zehntemal geraten ... und diesmal richtig!«

»Aber wart doch einen Augenblick«, bat Kurz. »Sieh dir doch die Grundstücke hier an. Sie sind ja nichts als Felsen und Glitschbahnen ... die reine Rutschbahn. Wo zum Teufel soll die Stadt denn stehen?«

»Ja, das möchtest du wohl wissen!«

»Dann willst du also gar keine Stadt hier bauen?«

»Nein, aber Dwight Sanderson will sie uns zur Gründung einer Stadt verkaufen«, neckte ihn Kid. »Komm jetzt. Wir müssen diese Rutschbahn hinaufklettern.«

Es war ein sehr schroffer Hang, und der schmale Steg schlängelte sich wie eine riesige Jakobsleiter empor. Kurz stöhnte und ächzte über die vielen scharfen Ecken und Spitzen.

»Daß jemand hier eine Stadt anlegen will! Es ist nicht so viel ebene Fläche hier, um eine Briefmarke aufzukleben. Und außerdem ist es ja die falsche Seite vom Fluß! Der ganze Warenverkehr geht ja am andern Ufer vor sich. Schau dir mal Dawson dort unten an! Da ist Platz genug für eine Erweiterung, selbst wenn die Bevölkerung auf vierzigtausend steigen sollte. Du, Kid, ich weiß ja, daß du die Grundstücke nicht kaufen willst, um eine Stadt zu gründen, aber warum in aller Teufel Namen kaufst du sie denn?«

»Um sie wieder zu verkaufen natürlich.«

»Aber andere Leute sind nicht solche Trottel wie der Alte dort oben oder wie du.«

»Vielleicht nicht in derselben Weise, Kurz. Aber ich kaufe jetzt diese Grundstücke. Dann teile ich sie in kleine Parzellen auf und verkaufe sie an eine ganze Menge von den vernünftigen Leuten in Dawson.«

»Brrr ... ganz Dawson grinst heute noch über uns beide wegen der verdammten Eier. Du möchtest wohl, daß sie noch mehr grinsen?«

»Ja, natürlich.«

»Aber es ist ein verflucht teures Vergnügen, Kid! Bei der Eiergeschichte hab' ich dir geholfen, die Leute zum Lachen zu bringen, und mein Anteil an diesem herrlichen Vergnügen betrug fast neuntausend Dollar.«

»Ganz recht ... aber du brauchst ja diesmal nicht mitzumachen. Dann stecke ich den Gewinn allein ein. Trotzdem mußt du mir aber helfen.«

»Oh, helfen tue ich gern! Und auslachen können sie mich meinetwegen auch. Aber ich gebe nicht eine Unze dafür aus. Was verlangt der alte Sanderson denn für seine Grundstücke ... ein paar hundert?«

»Zehntausend. Ich denke aber, daß ich sie für fünf kriegen werde.«

»Ich möchte gern Pastor sein«, erklärte Kurz mit brennendem Eifer in seiner Stimme.

»Pastor? Wieso?«

»Dann würde ich eine wunderbar beredte Predigt über einen Text halten, den du vielleicht öfters gehört hast, nämlich über einen Narren und sein Geld ...«

»Herein«, hörten sie Dwight Sanderson mürrisch rufen, als sie an seine Tür klopften. Und als sie eintraten, sahen sie ihn am steinernen Kamin hocken, wo er Kaffeebohnen, die in einem Fetzen aus einem alten Mehlsack eingewickelt waren, zerstampfte.

»Was wünschen Sie?« fragte er barsch, während er die zerstoßenen Kaffeebohnen in die Kaffeekanne schüttete, die auf den Kohlen stand.

»Etwas Geschäftliches mit Ihnen besprechen«, erwiderte Kid. »Sie haben Grundstücke für eine Stadt hier abgesteckt, wie ich gehört habe. Was verlangen Sie für die ganze Geschichte?«

»Zehntausend Dollar«, lautete die Antwort. »Und nachdem ich es Ihnen gesagt habe, können Sie ja wieder hinausgehen und mich auslachen. Da ist die Tür.«

»Ich habe gar nicht die Absicht zu lachen. Ich kenne eine Menge lustigerer Sachen, als ausgerechnet diese verdammten Felsen heraufzuklettern. Ich will Ihr Land kaufen.«

»So, wollen Sie? Nun, ich freue mich, endlich mal etwas Vernünftiges zu hören.« Sanderson trat zu ihnen und setzte sich seinen Besuchern gegenüber; seine Hände legte er auf den Tisch vor sich, während seine Blicke hin und wieder ängstlich nach der Kaffeekanne schweiften. »Ich habe Ihnen ja meinen Preis gesagt, und ich schäme mich nicht, ihn zu wiederholen ... zehntausend Dollar! Und sie können lachen oder kaufen ... das ist mir beides ganz schnuppe.«

Um zu zeigen, wie schnuppe es ihm war, begann er mit seinen geschwollenen Knöcheln auf den Tisch zu trommeln und starrte wild die Kaffeekanne an. Ein paar Minuten später fing er auch an, eintönig und einförmig vor sich hin zu summen: »Tralalu, tralali, tralalu, tralali ...«

»Aber sehen Sie, Herr Sanderson ...« sagte Kid. »Diese Grundstücke sind keine zehntausend wert. Wären sie das, so würden sie ebensogut hunderttausend wert sein. Und wenn sie keine hunderttausend wert sind – und daß sie das nicht sind, wissen Sie ja selbst sehr gut –, dann sind sie keine zehn Cent wert.«

Sanderson trommelte weiter mit seinen Knöcheln und summte: »Tralali, tralalu«, bis die Kaffeekanne überkochte. Er goß kaltes Wasser auf und nahm dann wieder seinen Platz ein.

»Wieviel bieten Sie denn?« fragte er Kid.

»Fünftausend.«

Kurz stöhnte.

Wieder folgte eine Pause, die nur durch das Trommeln auf dem Tische gestört wurde.

»Sie sind ja kein Idiot«, ließ Sanderson Kid wissen, »denn Sie sagten, wenn sie keine hunderttausend wert seien, hätten sie auch nicht den Wert von zehn Cent. Und doch bieten Sie fünftausend. Dann sind sie also hunderttausend wert. Ich erhöhe deshalb meine Forderung auf zwanzigtausend.«

»Sie werden ja nie einen Heller dafür kriegen«, antwortete Kid eifrig. »Und wenn Sie hierbleiben, bis Sie in Verwesung übergegangen sind.«

»Ich werde es schon aus Ihnen herauskriegen.«

»Nicht zu machen.«

»Dann werde ich eben hierbleiben, bis ich in Verwesung übergehe«, gab Sanderson in einem Ton zurück, der offensichtlich die Unterredung abschließen sollte.

Er nahm keine Rücksicht mehr auf die Anwesenheit der beiden, sondern bereitete seine kulinarischen Genüsse vor, als ob er ganz allein wäre. Als er einen Topf Bohnen aufgewärmt und eine Scheibe Brot geröstet hatte, deckte er den Tisch für eine Person und begann zu essen.

»Nein, nein, danke schön ... sehr liebenswürdig«, murmelte Kurz. »Wir sind gar nicht hungrig.«

»Lassen Sie mich Ihre Urkunden sehen«, sagte Kid schließlich.

Sanderson suchte unter seinem Kopfkissen im Bett herum und zog schließlich einen ganzen Stoß Dokumente hervor. »Es ist alles tipptopp, in prima Ordnung«, sagte er. »Das große da, mit den riesigen Siegeln, kommt den weiten Weg aus Ottawa hierher. Territorialschwierigkeiten gibt es nicht, die kanadische Regierung steht in dieser Sache hinter mir und bestätigt mir mein Besitzrecht.«

»Wie viele Parzellen haben Sie eigentlich in den zwei Jahren, in denen Sie das Grundstück besitzen, verkauft?«

»Das ist nicht Ihre Sache«, antwortete Sanderson mürrisch. »Es gibt kein Gesetz, das einem Mann verbietet, allein auf seinem Grund und Boden zu wohnen, solange er Lust dazu hat.«

»Ich gebe Ihnen fünftausend«, sagte Kid.

»Ich weiß nicht, wer von euch beiden der Verrücktere ist«, klagte Kurz. »Komm mal einen Augenblick mit hinaus, Kid. Ich möchte dir gern was sagen.«

Zögernd fügte sich Kid den Überredungskünsten seines Partners.

»Ist es dir denn nie eingefallen«, fragte Kurz, als sie im Schnee draußen vor der Hütte standen, »daß es Meile auf Meile zu beiden Seiten dieser blöden Baugrundstücke gibt, die keinem gehören. Die kriegst du doch umsonst, wenn du sie nur selbst absteckst und die Pfähle einrammst.«

»Ja, aber sie erfüllen meinen Zweck nicht«, sagte Kid.

»Wieso denn nicht?«

»Du staunst, daß ich ausgerechnet diese Parzellen haben will, wo ich so viele Meilen umsonst bekommen kann, nicht wahr?«

»Selbstverständlich«, räumte Kurz ein.

»Und darauf kommt es eben an«, fuhr Kid triumphierend fort. »Wenn du darüber staunst, werden die andern noch mehr staunen. Und wenn sie staunen, werden sie angestürmt kommen. Durch dein Staunen beweist du, daß ich die Sache psychologisch richtig sehe. Und jetzt hör mal zu, Kurz: ich habe die Absicht, Dawson ein Geschenk zu machen, das diesem verdammten Eiergrinsen den Boden ausschlagen wird. Komm jetzt mit hinein.«

»Nun?« sagte Sanderson, als sie wieder eintraten. »Ich dachte, ich würde euch nicht wieder zu sehen bekommen ...«

»Nun sagen Sie mir Ihre letzte Forderung«, sagte Kid.

»Zwanzigtausend.«

»Ich gebe zehntausend.«

»Schön, zu dem Preis verkaufe ich. Das ist ja meine ursprüngliche Forderung. Wann bezahlen Sie?«

»Morgen – in der Nordwest-Bank. Aber ich stelle zwei Bedingungen. Erstens, daß Sie, wenn Sie das Geld bekommen haben, sofort den Fluß hinab nach Forty Mile fahren und den Rest des Winters dort bleiben.«

»Das kann ich ohne weiteres. Was sonst?«

»Daß ich Ihnen fünfundzwanzig auszahle und Sie mir fünfzehntausend wiedergeben.«

»Kann ich gern machen.« Sanderson wandte sich zu Kurz. »Die Leute sagen, daß ich verrückt war, als ich hierherzog und die Grundstücke parzellierte«, spottete er. »Aber jedenfalls bin ich doch nicht verrückter gewesen, als daß ich zehntausend Dollar daran verdient habe.«

»In Klondike gibt's wahrhaftig Verrückte genug«, war alles, was Kurz antworten konnte. »Und wenn es so viele gibt, muß einer von ihnen wohl mal Glück haben.«

Am nächsten Morgen wurden die juristischen Formalitäten des Grundstücksverkaufs geregelt, und auf Kids ausdrücklichen Wunsch wurde im Vertrag bemerkt, daß dieser Grundstückskomplex künftig den Namen »Tra-li« tragen sollte. Dann wog der Kassierer der Nordwest-Bank Goldstaub im Werte von fünfundzwanzigtausend Dollar ab, während ein halbes Dutzend zufällige Zuschauer dem Abwiegen, der Auszahlung und dem Empfang beiwohnten.

In einem Goldgräberlager sind alle mißtrauisch. Alles, was jemand unerwartet unternimmt, kann ja der Schlüssel zu einem geheimnisvollen Goldfund sein, selbst wenn der Betreffende in Wirklichkeit nur auf die Elchjagd geht oder einen Abendspaziergang macht, um das schöne Nordlicht zu betrachten. Und als bekannt wurde, daß eine so bekannte Persönlichkeit wie Alaska-Kid dem alten Dwight Sanderson fünfundzwanzigtausend Dollar ausgezahlt hatte, wollte ganz Dawson wissen, wofür er diesen Betrag gezahlt hatte. Was hatte nun Dwight Sanderson, der drüben auf seinen einsamen Grundstücken hockte und halbwegs verhungerte, was hatte er zu verkaufen, das fünfundzwanzigtausend Dollar wert war? Da die Leute von Dawson nirgends eine Antwort auf diese Frage bekamen, war es nur selbstverständlich, daß sie mit fieberhafter Spannung alles zu beobachten begannen, was Kid jetzt unternahm.

Am Nachmittag wußte man bereits überall in der Stadt, daß eine ganze Anzahl von Männern leichte Wanderbündel geschnürt hatten, die sie in verschiedenen, ihnen geeignet erscheinenden Kneipen an der Hauptstraße versteckten. Wo Kid auch hinging, beobachteten ihn viele Augen. Und zum Beweis, wie ernst man ihn nahm, mag erwähnt werden, daß keiner die Stirn hatte, ihn offen über seine Geschäfte mit Sanderson auszufragen. Andererseits gab es auch keinen, der die Geschichte mit den Eiern vor ihm zu erwähnen wagte. Kurz war natürlich Gegenstand einer ähnlichen Beobachtung und derselben diskreten Freundlichkeit.

»Ich habe fast das Gefühl, als ob ich irgend jemand totgeschlagen oder die Pocken bekommen hätte, so lauern sie auf alles, was ich tue, und solche Angst haben sie, mir etwas zu sagen«, gestand Kurz, als er Kid zufällig vor dem »Elchgeweih« traf. »Schau dir mal Bill Saltman da drüben an – er platzt schon fast vor Neugierde und guckt doch dabei immerfort anderswohin ... wenn man ihn ansieht, glaubt man, er hätte überhaupt keine Ahnung davon, daß wir beide auf der Welt sind. Aber ich wette Schnaps soviel du willst, Kid, daß wir, wenn wir um die Ecke hier abbögen, als ob wir irgendwohin gehen wollten, und dann an der nächsten Ecke umkehrten, sehen würden, daß er uns nachrennte, als ob ihm der Teufel auf den Hacken wäre.«

Sie machten den Versuch, und als sie an der nächsten Ecke umkehrten und zurückkamen, liefen sie Saltman direkt in die Arme. Er war ihnen tatsächlich im Schlittentrott nachgelaufen.

»Tag, Bill«, grüßte Kid. »Wohin denn?«

»Nur ein bißchen herumbummeln«, antwortete Saltman. »So ein klein bißchen bummeln. Es ist verdammt schönes Wetter heute ... nicht?«

»Hm«, meinte Kurz ironisch. »Wenn du die Schnelligkeit bummeln nennst, dann möchte ich wissen, was du tust, wenn du läufst.«

Als Kurz gegen Abend die Hunde fütterte, hatte er das ganz unverkennbare Gefühl, daß rings im Dunkeln eine Menge Augen auf ihn lauerten. Und als er die Hunde an den Zaun band, statt sie, wie sonst, nachts frei herumlaufen zu lassen, wußte er genau, daß er die Nervosität der Bevölkerung noch um ein Bedeutendes vermehrte.

Wie verabredet, nahm Kid sein Abendbrot in der Stadt ein und ging dann weiter, um sich zu amüsieren. Wo er auch erschien, wurde er gleich zum Mittelpunkt des allgemeinen Interesses. Er machte absichtlich eine Rundreise durch sämtliche Lokale. Die Bars füllten sich, sobald er erschien, und leerten sich, sobald er wieder ging. Wenn er an einem schläfrigen Roulettetisch einige Spielmarken kaufte, saß binnen fünf Minuten mindestens ein halbes Dutzend Spieler um ihn herum. Er benutzte die Gelegenheit, um eine kleine Rache an Lucille Arral zu nehmen, indem er den Zuschauerraum der Oper gerade in dem Augenblick verließ, als sie ihr volkstümlichstes Lied ableiern sollte. In kaum drei Minuten hatten mindestens zwei Drittel des gesamten Publikums das Theater verlassen. Gegen ein Uhr morgens ging er durch die außergewöhnlich belebte Hauptstraße. Er bog auf den Seitenweg ein, der die Anhöhe zu seiner Hütte hinaufführte. Als er einen Augenblick oben stehenblieb, hörte er, wie der Schnee hinter ihm unter den Tritten vieler Mokassins knirschte.

Eine Stunde blieb es noch dunkel in der Hütte, dann steckte er eine Kerze an, und nachdem er und Kurz sich so lange still verhalten hatten, wie man braucht, um sich anzuziehen, öffneten sie die Tür und begannen die Hunde anzuspannen. Als der Schein der Kerze aufflackerte und sie und die Hunde beleuchtete, hörten sie nicht weit entfernt einen leisen Pfiff. Dieses Pfeifen wurde dann von jemand am Fuße des Hügels beantwortet.

»Horch mal«, lachte Kid. »Sie haben Posten aufgestellt, um uns zu belauschen, und jetzt geht der Bescheid weiter durch die ganze Stadt. Ich wette, daß mindestens vierzig Leute in diesem Augenblick im Begriff sind, aus dem Bett zu steigen.«

»Sind die Leute nicht verrückt?« kicherte Kurz. »Sag mal, Kid, wozu hat man eigentlich seinen Grips? Man muß ja blöd sein, um sich heutzutage abzuschinden und mit den Händen zu schuften, wenn man Grips hat. Die Welt ist ja zum Überlaufen voll von Trotteln, die ganz verrückt danach sind, ihr Gold loszuwerden. Und bevor wir den Hügel hinunterklettern, möchte ich dir nur noch sagen, daß ich natürlich halbpart mit dir mache – wenn du nichts dagegen hast.«

Auf dem Schlitten hatten sie eine leichte Schlaf- und Minenausrüstung verstaut. Eine kleine Rolle Stahldraht guckte ganz unschuldig aus ihrem Versteck unter einem Proviantsack hervor, während ein Brecheisen, nur halb verborgen, unten auf dem Schlitten lag. Kurz strich leise mit den Händen über den Stahldraht und gab dem Brecheisen einen letzten freundschaftlichen Klaps. »Ho«, flüsterte er. »Ich weiß ja, was ich selbst denken würde, wenn ich das Zeugs nachts auf einem Schlitten sähe.«

Sie lenkten die Hunde ganz vorsichtig und leise den Hügel hinab, und als sie die Ebene erreichten, fuhren sie mit dem Gespann nordwärts durch die Hauptstraße. Dann ging es unter Beobachtung noch größerer Vorsichtsmaßregeln aus dem Geschäftsviertel der Stadt hinaus in der Richtung der Sägemühle. Sie hatten noch niemand gesehen, als sie aber die Richtung änderten, hörten sie leise Pfiffe aus der Finsternis hinter sich, die nicht einmal die Sterne zu erhellen vermochten. Nachdem sie an der Sägemühle und dem Krankenhaus vorbeigekommen waren, fuhren sie noch eine halbe Stunde, so schnell es ihnen möglich war, weiter geradeaus. Dann machten sie plötzlich kehrt und fuhren denselben Weg zurück, den sie gekommen waren. Kaum waren sie die ersten hundert Meter gefahren, als sie mit Mühe und Not einen Zusammenstoß mit fünf Männern vermieden, die in schnellem Tempo angelaufen kamen. Alle gingen gebückt unter dem Gewicht der Goldsucherausrüstung. Der eine hielt Kids Leithund an, während die andern sich um sie scharten.

»Habt ihr nicht einen Schlitten gesehen, der in der andern Richtung gefahren ist?« fragte einer.

»Nee«, antwortete Kid. »Bist du's, Bill?«

»Jawohl, und ich will ewig verflucht sein, wenn das nicht Alaska-Kid ist!« rief Bill Saltman in ehrlichem Staunen aus.

»Was machst du denn hier mitten in der Nacht?« fragte Kid. »Bummelst du auch nur so herum wie heute mittag?«

Ehe Bill Saltman antworten konnte, hatten sich schon zwei weitere Männer, die herbeigelaufen kamen, der Gruppe angeschlossen. Ihnen folgten noch andere, während das Knirschen des Schnees unter den Mokassins das Kommen vieler verkündete.

»Wer sind denn all Ihre Freunde hier?« fragte Kid.

Saltman steckte sich die Pfeife an, obgleich er kaum viel Vergnügen davon haben konnte, danach zu urteilen, wie er nach dem langen Lauf stöhnte und japste. Eine Antwort gab er aber nicht. Der Kniff mit dem Streichholz war zu deutlich, als daß die Absicht mißverstanden werden konnte, und Kid sah denn auch, wie sämtliche Augenpaare sich auf die Rolle

Stahldraht und das große Brecheisen richteten. Dann erlosch das Streichholz wieder.

»Ach, ich hab' etwas reden hören, das ist alles, nur ein Gerücht«, murmelte Saltman mit feierlicher Geheimnistuerei.

»Da mußt du wirklich Kurz und mich einweihen«, meinte Kid.

Irgend jemand in der Gruppe kicherte ironisch.

»Aber wo wolltet ihr denn eigentlich hin?« fragte Saltman.

»Und als was seid ihr denn eigentlich hier?« erwiderte Kid. »Vielleicht Mitglieder eines Sicherheitsausschusses?«

»Nur als Interessenten ... als richtige Interessenten«, sagte Saltman.

»Ihr könnt euer Leben wetten, daß wir Interessenten sind«, erklang eine andere Stimme aus der Dunkelheit.

»Wißt ihr, Kinder«, bemerkte Kurz, »ich möchte eigentlich wissen, wer von euch sich am dümmsten vorkommt.«

Man lachte nervös.

»Komm, Kid, wir wollen weitergehen«, sagte Kurz und trieb die Hunde an.

Die ganze Schar schloß sich ihnen an.

»Hört mal, Kinder«, verhöhnte Kurz sie. »Irrt ihr euch jetzt nicht? Als wir euch trafen, gingt ihr in der entgegengesetzten Richtung, und jetzt macht ihr wieder kehrt, ohne irgendwo gewesen zu sein! Habt ihr vielleicht die Adresse vergessen?«

»Geh zum Teufel«, sagte Saltman wenig gemütvoll. »Wir gehen und kommen, wie es uns paßt. Wir brauchen keinen Vormund.«

Und der Schlitten fuhr, Kid voran und Kurz an der Lenkstange, durch die Hauptstraße, begleitet von drei Dutzend Männern, von denen jeder eine Goldgräberausrüstung auf dem Rücken trug. Es war schon drei Uhr morgens, und nur die schlimmsten Nachtbummler der Stadt sahen die Prozession und konnten in Dawson am nächsten Tage von der neuesten Sensation berichten.

Eine halbe Stunde später kletterten die beiden mit ihren Hunden, gefolgt von der ganzen Schar, den Hügel hinauf.

Und als sie die Hunde vor der Hütte abgeschirrt hatten, warteten sechzig erbitterte Goldsucher immer noch draußen.

»Gute Nacht, Kameraden«, rief Kid ihnen zu und schloß die Tür.

Es waren kaum fünf Minuten vergangen, als die Kerze drinnen ausgelöscht wurde ... aber nach einer halben Stunde tauchten Kid und Kurz wieder leise und vorsichtig vor der Hütte auf und schirrten die Hunde wieder an, ohne jedoch Licht zu machen.

»Hallo, Kid«, sagte Saltman, der sich ihnen so weit näherte, daß sie den Umriß seiner Gestalt sehen konnten.

»Ich kann dich offenbar nicht abschütteln, Bill«, antwortete Kid gemütlich. »Wo sind denn alle deine Freunde?«

»In die Stadt gegangen, um ein Glas zu trinken. Sie haben mich hiergelassen, um euch im Auge zu behalten, und das werde ich auch tun! Was ist denn eigentlich mit euch los, Kid? Du kannst mich und die andern auf keinen Fall abschütteln ... du kannst uns also ebensogut gleich mitnehmen. Wir sind ja lauter gute Freunde. Das weißt du doch.«

»Es gibt Fälle, in denen man nicht einmal seine besten Freunde mitnehmen darf«, gab Kid vorsichtig zur Antwort. »Und andere Fälle, in denen man es tun kann. Und siehst du, Bill, dies ist einer von denen, wo man es eben nicht tun darf. Es wäre viel vernünftiger, wenn du zu Bett gingest. Gute Nacht!«

»Hier gibt es heute keine ›Gute Nacht‹, Kid. Du kennst uns nicht ... Wir sind die reinen Kletten, weißt du.«

Kid seufzte hörbar. »Na ja, Bill, wenn du durchaus deinen Willen durchsetzen willst, kann ich es ja nicht hindern. Aber komm jetzt, Kurz, wir können nicht mehr die Dummköpfe spielen, wir müssen ja weiter.« Als der Schlitten losfuhr, ließ Saltman einen scharfen Pfiff hören und folgte ihm dann selbst. Unterhalb des Hügels, von der Ebene her hörte man das Pfeifen der Wachtposten. Kurz lief an der Lenkstange, und Kid und Bill gingen nebenher.

»Weißt du, Bill«, sagte Kid. »Ich will dir einen Vorschlag machen. Möchtest du nicht selbst mitmachen ... aber natürlich nur du allein?«

Saltman zögerte nicht eine Minute mit der Antwort. »Und all meine Freunde im Stich lassen? Nee, mein Herr! Wir wollen alle mit dabei sein.«

»Dann kommst du zuerst dran ...« rief Kid aus, bückte sich, um den andern besser anpacken zu können, und warf ihn dann in den tiefen Schnee neben der Schlittenbahn.

Kurz trieb die Hunde an und schwenkte mit seinem Gespann südwärts auf den Weg ein, der an den baufälligen Hütten auf den wellenförmigen Abhängen hinter Dawson vorbeiführt. Kid und Saltman rollten fest umschlungen im Schnee herum. Kid war freilich der Ansicht, daß er in glänzender Form sei, aber Saltman hatte ein Mehrgewicht von fünfzig Pfund, die nur aus schieren, harttrainierten Muskeln bestanden, und er bekam deshalb auch mehrmals die Oberhand. Ein über das andere Mal gelang es ihm, Kid auf den Rücken zu legen; und Kid machte es sich dabei gemütlich und ruhte sich aus. Sooft aber Saltman den Versuch machte, sich von ihm zu befreien, um weiterzulaufen, streckte Kid die Hand aus und hielt ihn am Bein fest, so daß er fiel und ein neuer Ringkampf begann.

»Du bist nicht ganz ohne«, räumte Saltman anerkennend ein, als er zehn Minuten später keuchend auf Kids Brust saß. »Aber ich kriege dich doch immer wieder unter.«

»Und ich halte dich doch immer wieder fest«, gab Kid ächzend zurück. »Und deshalb bin ich ja auch hier ... nur um dich festzuhalten, nicht wahr? Wohin, glaubst du, ist Kurz inzwischen gelaufen?«

Saltman machte eine verzweifelte Anstrengung, um sich freizumachen, jedoch erfolglos. Kid erwischte ihn am Bein und schleuderte ihn mit dem Gesicht in den Schnee. Oben vom Hügel her hörte man ängstlich fragende Pfiffe. Saltman setzte sich auf und ließ ein schrilles Pfeifen hören, wurde aber wieder von Kid umgeworfen, der sich auf seine Brust setzte und ihn mit den Händen auf den Schultern unten hielt. In dieser Lage wurden sie von den Goldsuchern gefunden. Kid lachte und stand auf.

»Und jetzt gute Nacht, Kameraden«, sagte er und lief den Hügel hinab, während die sechzig verzweifelten, aber entschlossenen Goldsucher ihm auf den Fersen folgten.

Er schwenkte nach Norden ab, lief an der Sägemühle und dem Krankenhaus vorbei und folgte dann dem Uferweg über die schroffen Hänge am Fuß der Mooshillberge entlang. In einem großen Bogen umkreiste er das Indianerdorf und lief dann weiter nach der Mündung des Moosebaches, wo er kehrtmachte und sich seinen Verfolgern stellte.

»Ihr macht mich aber tüchtig müde, Kameraden«, sagte er und knurrte in scheinbarer Wut.

»Hoffentlich überanstrengen wir dich nicht«, murmelte Saltman höflich.

»Durchaus nicht«, knurrte Kid mit besser vorgetäuschter Wut, während er an den andern vorbeisauste und den Rückweg nach Dawson einschlug. Zweimal versuchte er das unwegsame Packeis auf dem Fluß zu überqueren, und seine entschlossenen Begleiter folgten ihm, aber beide Male mußten er und die andern den Versuch aufgeben. Er kehrte deshalb zum Ufer bei Dawson zurück, trottete geradenwegs durch die Hauptstraße, setzte über den gefrorenen Klondike und kehrte dann wieder nach Dawson zurück. Als es gegen acht Uhr hell zu werden begann, führte er seine todmüden Verfolger nach dem Wirtshaus von Slavovitsch, wo wenige Minuten später selbst für teures Geld kein Tisch zum Frühstücken mehr zu haben war.

»Gute Nacht, Kameraden«, sagte er, als er seine Rechnung bezahlt hatte.

Und er sagte ihnen wiederum »Gute Nacht«, als er den Hügel hinaufkletterte. Im hellen Tageslicht konnten sie ihn nicht mehr begleiten, sondern mußten sich damit begnügen, ihn in seine Hütte gehen zu sehen.

Zwei Tage blieb Kid noch in der Stadt, ständig unter schärfster Bewachung. Kurz war mit dem Schlitten verschwunden. Weder Wanderer, die den Yukon auf und hinab gegangen waren, noch solche, die aus Bonanzo, Eldorado oder Klondike kamen, hatten ihn gesehen. Es blieb also nur übrig, Kid zu beobachten, der ja doch früher oder später die

Verbindung mit seinem verschwundenen Kompagnon aufnehmen mußte. Deshalb richtete sich alle Aufmerksamkeit jetzt auf Kid. Am zweiten Abend verließ er die Hütte überhaupt nicht, sondern verlöschte schon um neun Uhr die Lampe und stellte den Wecker auf zwei Uhr morgens. Der Posten, der vor seiner Hütte stand, hörte auch das schrille Klingeln der Uhr, so daß sich Kid – als er eine Stunde später aus der Hütte kam – sofort von einer ganzen Bande umgeben sah, nur waren es diesmal nicht sechzig, sondern mindestens dreihundert. Ein flammendes Nordlicht beleuchtete die Landschaft, als er mit einer zahlreichen Eskorte nach der Stadt hinunterging und in den Schankraum des »Elchgeweih« trat. Der ganze Raum füllte sich sofort mit einer ängstlichen und wütenden Schar, die Getränke bestellte und vier langweilige Stunden damit verbrachte, Kid zuzuschauen, wie er mit seinem guten alten Freunde Breck Whist spielte. Nach sechs Uhr morgens verließ Kid mit wutentbrannter, düsterer Miene das »Elchgeweih« und ging durch die Hauptstraße. Ihm folgten treu und brav die dreihundert Goldsucher in unordentlichen Reihen. Sie sangen dabei höhnisch: »Hep hep hep, Herr Hasenfuß, Herr Schlauberger ... hep hep.« »Gute Nacht, Kameraden«, sagte Kid wütend als sie den Rand des Yukonabhangs erreichten, wo die Winterfährte steil hinabführte.

»Ich gehe jetzt frühstücken, und dann will ich pennen.«

Die dreihundert riefen ihm zu, daß sie ihn begleiten würden, und folgten ihm auch wirklich über den zugefrorenen Fluß direkt nach Tra-li. Gegen sieben Uhr morgens führte er seine goldsuchende Schar den gewundenen Pfad nach der Hütte Dwight Sandersons empor. Das Licht einer Kerze schien durch das Fenster, das mit Pergamentpapier verklebt war, und blauer Rauch stieg aus dem Schornstein auf. Kurz öffnete die Tür.

»Komm nur herein, Kid«, grüßte er. »Das Frühstück wartet schon. Wo sind deine Freunde?«

Kid drehte sich auf der Schwelle um. »Also jetzt gute Nacht, Kameraden. Ich hoffe, daß euer Spaziergang euch ein bißchen Vergnügen gemacht hat.«

»Einen Augenblick nur, Kid«, rief Bill Saltman mit einer Stimme, durch welche die Enttäuschung hindurchklang. »Ich möchte einen Augenblick mit dir sprechen.«

»Schieß nur los«, sagte Kid freundlich.

»Warum hast du dem alten Sanderson fünfundzwanzigtausend Dollar gezahlt? Willst du mir eine Antwort darauf geben?«

»Bill, warum willst du mir solchen Kummer bereiten?« lautete Kids Antwort. »Ich bin hierhergezogen, um mich ein bißchen zu erholen, sozusagen ... und jetzt bist du mit einer ganzen Bande da, und ihr wollt mich ins Kreuzverhör nehmen, während ich doch nur Ruhe haben will ... Ruhe und Frühstück.«

»Du hast meine Frage noch nicht beantwortet«, stellte Bill Saltman unerschütterlich fest.

»Und ich habe auch nicht die Absicht, es zu tun, Bill. Denn das ist eine rein persönliche Angelegenheit zwischen Dwight Sanderson und mir und geht keinen andern etwas an! Willst du sonst noch was wissen?«

»Ja ... was ist denn mit dem Brecheisen und mit der Rolle Stahldraht, die du auf deinem Schlitten mitgenommen hast?«

»Das ist auch etwas, das mit dir und deinen süßen und unschuldigen Geschäften nichts zu tun hat, Bill. Aber wenn Kurz Lust hat, es dir zu erzählen, dann meinetwegen.«

»So, meinst du?« sagte Kurz, der sich jetzt eifrig in die Bresche stellte. Er öffnete den Mund, um etwas zu sagen, dann stockte er plötzlich und wandte sich an seinen Partner: »Du, Kid, im tiefsten Vertrauen ... ich glaube nicht, daß das die andern Herren etwas angeht. Komm lieber herein! Dein Kaffee kocht schon so lange, daß Kraft und Saft längst verdampft sind.«

Die Tür schloß sich, und die dreihundert zogen sich in mißmutigen, murrenden Gruppen zurück.

»Na, weißt du, Saltman«, sagte einer. »Ich dachte, du würdest uns zur Goldquelle führen.«

»Geh zum Teufel«, antwortete Saltman wütend. »Ich habe gesagt, daß Kid uns führen würde.«

»Und du meinst, daß es hier ist?«

»Ihr wißt genau soviel davon wie ich, und das einzige, was wir wissen, ist, daß Kid herumschleicht und irgend etwas fingern will! Denn warum, zum Teufel, hätte er sonst dem alten Sanderson fünfundzwanzigtausend für diese dreckigen, blöden Grundstücke gezahlt? Doch todsicher nicht, um eine verflucht idiotische Stadt hier zu gründen!«

Eine Menge von Stimmen bestätigte die Richtigkeit von Saltmans Gedanken.

»Nun ja ... aber was jetzt?« fragte einer mißmutig. »Ich bin dafür, daß wir frühstücken gehen«, erklärte Wild Water guter Laune. »Diesmal hast du uns in eine Sackgasse geführt, lieber Bill.«

»Das stimmt nicht, sage ich euch«, gab Bill Saltman zurück. »Kid hat uns geführt! Und mag es sein, wie es will ... was haltet ihr von den fünfundzwanzigtausend?«

Nach halb acht, als es schon ganz hell geworden war, öffnete Kurz die Tür und spähte hinaus. »Donnerwetter«, rief er. »Sie sind alle nach Dawson zurückgekehrt. Ich hätte geglaubt, sie würden hier ihr Lager aufschlagen.«

»Nur ruhig ... sie werden schon wiederkommen«, tröstete ihn Kid. »Wenn ich mich nicht sehr irre, wirst du halb Dawson hier sehen, bevor wir mit unserer Arbeit fertig sind. Komm jetzt nur mit hinein und hilf mir! Wir haben genug zu tun!«

»Um Gottes willen, erkläre mir jetzt, was du eigentlich vorhast«, klagte Kurz, als sie eine Stunde später das Ergebnis ihrer Arbeit betrachteten – in der einen Ecke der Hütte stand eine Winde mit einem endlosen, durch einen Doppelblock laufenden Seil.

Kid begann ohne Mühe zu drehen, und das Seil straffte sich, knarrte und quietschte. »Jetzt kannst du mal hinausgehen, Kurz, und mir nachher erzählen, wie das draußen klingt.«

Kurz stand draußen, lauschte an der Tür und hörte all die vielen Geräusche, die eine Winde macht, wenn eine schwere Last damit hinaufgeholt wird, und er erwischte sich dabei, wie er ganz unbewußt die Tiefe des Schachtes, aus dem die Last heraufgeholt wurde, einzuschätzen versuchte. Dann trat eine

Pause ein, und vor seinem inneren Auge sah er, wie der Eimer am kurzen Seil hin und her schaukelte. Dann hörte er, wie der Eimer wieder schnell hinuntergelassen wurde und mit einem dumpfen Schlag gegen den Rand des Schachtes schlug. Er öffnete strahlend die Tür.

»Das hört sich einfach wunderbar an«, rief er. »Ich wurde selbst ganz neugierig. Was ist jetzt zu tun?«

Zuerst mußten mehrere Schlittenladungen von schweren Steinen in die Hütte geschleppt werden, überhaupt war es ein anstrengender Tag mit sehr viel Arbeit.

»Und heute abend fährst du dann mit den Hunden nach Dawson hinüber«, sagte Kid, als sie Abendbrot gegessen hatten. »Laß sie bei Breck, er wird sich ihrer schon annehmen. Die Leute werden gehörig aufpassen, was du tust, deshalb sollst du Breck überreden, daß er zur A. C. Company geht und ihr ganzes Sprengstofflager aufkauft. Sie haben höchstens ein paar hundert Pfund liegen! Und dann mußt du Breck beauftragen, ein halbes Dutzend Steinbohrer beim Grobschmied zu bestellen. Breck ist selbst Fachmann, er wird dem Schmied schon erklären, wie die Dinger sein sollen. Und gib Breck auch diese Grundbuchauszüge, so daß er sie morgen früh dem Goldkommissar überreichen kann. Und endlich mußt du gegen zehn durch die Hauptstraße gehen und hören, was geschehen soll. Vergiß nicht, daß die Explosionen nicht zu laut sein dürfen. Man muß sie in Dawson nur gerade hören können, nicht mehr. Ich werde es dreimal versuchen, mit verschiedenen Mengen, und du mußt dir merken, welche am natürlichsten klingt.«

Gegen zehn Uhr desselben Abends bummelte Kurz durch die Hauptstraße und fühlte, daß viele neugierige Blicke sich auf ihn richteten. Er paßte eifrig auf, was kommen sollte, und hörte bald eine sehr schwache Explosion, die aus weiter Ferne zu kommen schien. Dreißig Sekunden später erfolgte eine zweite, die schon so stark war, daß sie die Aufmerksamkeit der Passanten erregte. Und endlich folgte eine dritte, die so gewaltig war, daß alle Bewohner auf die Straße stürzten.

»Du hast sie herrlich aufgerüttelt«, erklärte Kurz, als er eine Stunde später atemlos die Hütte in Tra-li erreichte. Er ergriff Kids Hand. »Du hättest sie nur sehen sollen: Bist du nie in einen Ameisenhaufen getreten? Genauso sah Dawson aus. Die ganze Hauptstraße war voll von summenden Menschen, als ich mich dünnemachte. Morgen werden wir Tra-li vor lauter Menschen nicht sehen können. Und wenn nicht schon in diesem heiligen Augenblick ein paar draußen herumkriechen, dann weiß ich nicht, wie ein Goldsucher beschaffen ist.«

Kid grinste, trat zur Winde und ließ sie ein paarmal quietschen und knarren. Kurz zupfte etwas Moos zwischen den Wandbalken heraus, so daß man durch die Löcher hereingucken konnte. Dann blies er die Kerze aus.

»Jetzt«, flüsterte er, als eine halbe Stunde vergangen war.

Kid drehte langsam das Spill, hörte aber nach einigen Minuten auf, nahm einen verzinkten, mit Erde gefüllten Eimer und zog ihn scharrend, schleifend und kratzend über den Haufen von Steinen, die sie in die Hütte geschleppt hatten. Dann steckte er sich eine Zigarette an, hielt aber die Hand vor die Flamme des Streichholzes.

»Es sind drei draußen«, flüsterte Kurz. »Du hättest sie sehen sollen. Als du vorhin das dumpfe Geräusch mit dem Eimer machtest, wären sie fast geplatzt. Jetzt steht einer am Fenster und versucht hereinzugucken.«

Kid ließ seine Zigarette aufglühen und sah auf die Uhr.

»Wir müssen die Sache jetzt aber auch durchführen«, flüsterte er. »Jede Viertelstunde müssen wir einen Eimer heraufziehen. Und in der Zwischenzeit ...«

Er begann mit einem Meißel auf einen Stein zu hämmern, nachdem er zuerst einen dreifach zusammengelegten Sack darübergelegt hatte.

»Herrlich ... wunderbar ...« stöhnte Kurz begeistert. Er schlich sich lautlos an sein Guckloch ... »Jetzt stecken sie die Köpfe zusammen ... ich kann beinahe sehen, wie eifrig sie miteinander reden.«

Von da an bis gegen vier Uhr morgens wiederholten sie jede Viertelstunde den Trick mit dem Eimer, der scheinbar mit der Winde heraufgezogen wurde, die in der natürlichsten

Weise quietschte und knarrte. Dann verschwanden die Besucher, und Kid und Kurz konnten endlich ins Bett gehen.

Als es hell geworden war, untersuchte Kurz die Mokassinfährten. »Der lange Bill Saltman war jedenfalls mit dabei«, stellte er fest.

Kid guckte nach der andern Seite des Flusses.

»Mach dich bereit, Besuch zu empfangen«, sagte er. »Es kommen zwei jetzt über das Eis.«

»Hoho ... warte nur, bis Breck die Geschichte von den Goldclaims erzählt hat, dann kommen zweitausend über den Fluß.«

Kurz war inzwischen auf einen hohen Felsblock geklettert und betrachtete von dort aus mit dem Auge des Kenners das Gelände, das sie abgezeichnet hatten. »Es sieht tatsächlich wie ein richtiger Claim aus«, sagte er. »Ein Experte würde fast die Linien ziehen können, wo die Ader unter dem Schnee läuft. Selbst der Klügste würde sich hinters Licht führen lassen. Die Rutschbahn da füllt den ganzen Vordergrund aus, und guck dir nur die Ausläufer da an ... Es sieht alles ganz echt aus ... und doch steckt nichts dahinter!«

Als die beiden Männer, die soeben den Fluß überquerten, den gewundenen Pfad die glatten Felswände heraufgeklettert waren, fanden sie die Hütte verschlossen. Bill Saltman, der den Führer machte, ging leise zur Tür und lauschte. Dann gab er Wild Water ein Zeichen, daß auch er kommen und lauschen sollte. Von drinnen hörten beide das Knarren und Quietschen einer Winde, die eine schwere Last heraufzog. Sie warteten die Pause ab, dann hörten sie endlich, wie der Eimer hart gegen die Felswand schlug. Viermal im Laufe einer Stunde hörten sie, wie dieselben Geräusche sich wiederholten. Dann klopfte Wild Water an die Tür. Von drinnen kamen noch einige leise, verstohlene Geräusche ... dann wurde es still. Wieder hörte man einige noch verdächtigere Laute ... und als schließlich mindestens fünf Minuten vergangen waren, öffnete Kid, schwer atmend, die Tür auf Zollbreite und spähte vorsichtig hinaus. Auf seinem Gesicht und Hemd sahen sie noch den grauen Staub von dem Gestein, in dem er gearbeitet hatte. Sein Gruß war so freundlich, daß er ihnen doppelt verdächtig erschien.

»Wartet nur noch einen Augenblick«, sagte er. »Ich bin gleich bei euch.«

Während er sich die Handschuhe anzog, schlüpfte er zur Tür hinaus und stellte sich in den Schnee vor dem Haus neben seine Besucher. Ihre raschen Blicke stellten sofort fest, daß sein Hemd, besonders an den Schultern, schmutzig und voll Staub war und daß die Knie seiner Arbeitshosen deutliche Spuren von Erde trugen, die er offenbar ebenso schnell wie oberflächlich abzuwischen versucht hatte.

»Ein bißchen früh für einen Besuch«, sagte er. »Aber was hat euch über den Fluß gebracht?«

»Wir haben euch durchschaut«, sagte Wild Water vertraulich. »Und ihr könntet uns ebensogut die ganze Geschichte verraten ... ihr habt was Feines vor, ihr beiden.«

»Wenn Sie Eier haben wollen«, begann Kid.

»Na, lassen wir die Geschichte. Wir wollen doch Geschäfte machen.«

»Ihr meint, daß ihr Parzellen kaufen wollt, nicht wahr?« leierte Kid schnell ab. »Es sind tatsächlich pikfeine Grundstücke hier. Aber, seht ihr, wir können noch nicht verkaufen! Wir haben die Stadt noch nicht parzelliert. Wenn Sie nächste Woche vorbeikommen wollen, Wild Water, und wenn Sie Ruhe und Frieden lieben und im Ernst hier wohnen möchten, dann werde ich Ihnen etwas ganz besonders Schönes zeigen. Also nächste Woche, ihr beiden, dann haben wir alles in Ordnung. Auf Wiedersehen ... Tut mir leid, daß ich euch nicht hereinbitten kann, aber Kurz ... na, ihr kennt ihn ja ... er ist ja etwas sonderbar ... Er sagt, er ist hierhergekommen, um Ruhe und Frieden zu finden ... und er hat sich eben schlafen gelegt. Ich würde ihn nicht um ein Kaiserreich zu wecken wagen ...«

Während Kid noch redete, schüttelte er ihnen freundschaftlich die Hände. Und noch immer sprechend und die Hände schüttelnd, schlüpfte er schnell wieder ins Haus und schlug, bevor sie ein Wort sagen konnten, die Tür zu.

Sie guckten sich an und nickten.

»Hast du seine Hosen gesehen?« flüsterte Saltman heiser.

»Natürlich! Und seine Schultern? Er ist ordentlich herumgekrochen drinnen im Schacht.«

Bei diesen Worten ließ Wild Water seine Blicke über die verschneite Schlucht gleiten, bis sie an etwas hängenblieben, das seinen Lippen einen verständnisinnigen Pfiff entlockte.

»Guck mal da hinauf, Bill. Siehst du, wo ich hinzeige? Wenn das nicht ein Minenloch ist ... und dann guck auch nach beiden Seiten ... siehst du, wie sie da im Schnee herumgestampft sind? Wenn das kein Randfelsen ist ... und zu beiden Seiten, du Bill ... dann weiß ich nicht, was ein Randfelsen ist ... da ist der Eingang zu einer Ader ... kein Zweifel!«

»Und sieh dir mal an, wie groß er ist!« brüllte Saltman. »Da haben sie was gefunden, so wahr ich hier stehe.«

»Und da ... guck dir mal den Erdrutsch an ... da, wo die Felswände herausgucken und gleich wieder abfallen ... Der ganze Abhang gehört bestimmt mit zur Ader!«

»Ja, du, aber schau jetzt mal aufs Eis hinaus ... auf den Weg da unten ...«, und Saltman zeigte mit dem Finger ... »Es sieht aus, als ob das halbe Dawson unterwegs wäre, nicht?«

Wild Water warf einen Blick hinab und sah, daß der Weg bis zu dem fernen Hang bei Dawson schwarz von Menschen war, und selbst ganz drüben strömte eine ununterbrochene Reihe von Menschen den Hang hinunter.

»Na, ich werde mir jedenfalls mal das Loch angucken, bevor die Leute herkommen«, sagte er und begann schnell nach der Schlucht zu gehen.

Aber im selben Augenblick öffnete sich die Tür, und die beiden Bewohner traten heraus.

»Hallo, Sie!« rief Kid. »Wo wollen Sie hin?«

»Mir einen Claim abstecken«, rief Wild Water zurück. »Schaut euch den Fluß an. Ganz Dawson ist unterwegs, um sich Claims abzustecken, und da wollen wir ihnen doch zuvorkommen und uns selbst welche aussuchen ... Das ist ja unser gutes Recht, nicht wahr, Bill?«

»Todsicheres Recht«, bestätigte Saltman. »Hier scheint ja die richtige Stelle zu sein, um eine Vorstadt zu gründen. Und offenbar wird sie eine zahlreiche Bevölkerung bekommen.«

»Wir werden aber dort, wo Sie jetzt hingehen, keine Parzellen verkaufen«, antwortete Kid. »Die Grundstücke liegen rechts drüben, weiter hinter den Felsblöcken. Dieser Teil, vom Fluß bis zum obersten Rand des Abhangs ist reserviert! Kehren Sie lieber gleich wieder um.«

»Das ist aber die Stelle, die wir uns ausgesucht haben«, wandte Saltman ein.

»Da habt ihr aber nichts zu suchen ... sage ich euch«, gab Kid ihm scharf zurück.

»Habt ihr denn etwas dagegen, daß wir dort herumspazieren?« fragte Saltman hartnäckig.

»Ja wahrhaftig ... Dein Herumspazieren fängt an, mich zu langweilen ... Kommt jetzt zurück!«

»Aber ich denke, daß wir trotzdem hier herumspazieren werden«, knurrte Saltman. »Komm, Wild Water!«

»Ich warne euch ... es ist eine Verletzung des Besitzrechtes«, lautete Kids letztes Wort.

»Ach wo, wir wollen ja nur spazierengehen«, antwortete Saltman gut gelaunt und ging weiter.

»Halt ... Komm sofort zurück, Bill, oder ich knall dich nieder«, donnerte Kurz und hob zwei unfreundlich aussehende 44er Colts. »Wenn du nicht sofort umkehrst, schieße ich dir elf Löcher in deinen verflucht gemeinen Bauch. Verstanden?«

Saltman blieb ganz überrascht stehen.

»Er weiß schon Bescheid«, murmelte Kurz Kid zu. »Aber wenn er weitergehen sollte, bringt er mich in eine verdammt schwierige Lage. Ich kann doch nicht einfach auf ihn schießen. Was zum Deibel soll ich machen?«

»Hör mal, Kurz, sei doch vernünftig«, bat Saltman.

»Komm hierher, dann werden wir vernünftig miteinander reden«, lautete Kurz' Antwort.

Und sie standen noch und sprachen »vernünftig« miteinander, als die Spitze der Goldsucherkolonne am Ende des geschlängelten Weges auftauchte und sich ihnen näherte.

»Ihr könnt nicht sagen, daß ein Mann sich gegen das Eigentumsrecht vergeht, wenn er auf einem Baugrundstück herumgeht, um sich eine Parzelle auszuwählen, die er kaufen will«, rechtfertigte sich Wild Water, und Kurz antwortete: »Selbst auf einem Stadtareal gibt es Privatbesitz, und das Stück dort oben ist eben Privatbesitz. Ich wiederhole es Ihnen: die Parzellen dort werden nicht verkauft!«

»Jetzt müssen wir das Geschäft aber schnell abwickeln«, murmelte Kid, »wenn die Leute auf eigene Faust herumzugehen beginnen.«

»Du mußt verdammt viel Selbstvertrauen haben«, flüsterte Kurz zurück, »wenn du glaubst, daß du all die Leute zurückhalten kannst. Es kommen mindestens zweitausend aus Dawson herüber ... oder noch mehr. Sie werden unsere Absperrung einfach durchbrechen.«

Die Sperrlinie lief am Rande der Schlucht entlang, und Kurz hatte sie geschaffen, indem er die zuerst Gekommenen angehalten hatte, so daß sie dort stehenblieben. Unter der Menge befanden sich auch einige Beamte der Nordwest-Polizei mit einem Leutnant. Kid unterhielt sich flüsternd mit ihm.

»Es strömen immer noch neue Scharen aus Dawson herbei«, sagte er, »und es wird nicht lange dauern, dann sind fünftausend Menschen hier. Die Gefahr besteht darin, daß sie früher oder später anfangen werden, sich auf eigene Faust Claims auszusuchen. Wenn Sie bedenken, daß es im ganzen nur fünf Claims gibt, so bedeutet das also tausend Mann pro Feld, und vier- von den fünftausend werden versuchen, das ihnen zunächst liegende zu bekommen! Das ist natürlich unmöglich, und wenn es wirklich so weit kommt, wird es mehr Tote geben als in der ganzen Geschichte Alaskas. Außerdem sind diese fünf Felder schon heute morgen angemeldet und eingetragen worden und können also gar nicht mehr belegt werden. Mit anderen Worten: es darf gar nicht erst so weit kommen.«

»Gut, mein Herr«, sagte der Leutnant. »Ich werde meine Leute zusammenrufen und ihnen ihre Posten anweisen. Wir dürfen keine Unruhen bekommen, und wir wollen sie auch nicht haben. Aber ich glaube, es wird besser sein, wenn Sie mit den Leuten sprechen.«

»Hier muß ein Mißverständnis vorliegen, Kameraden«, begann Kid mit lauter Stimme. »Wir sind noch gar nicht so weit, daß wir Parzellen verkaufen. Die Straßen sind noch nicht einmal abgesteckt. Aber nächste Woche werden wir mit dem öffentlichen Verkauf beginnen können.«

Er wurde durch einen gewaltigen Ausbruch von Ungeduld und Entrüstung unterbrochen.

»Wir wollen gar keine Bauparzellen kaufen«, rief ein junger Goldgräber. »Wir sind gekommen, um zu kriegen, was im Boden ist.«

»Wir haben keine Ahnung, was im Boden ist«, antwortete Kid. »Aber wir wissen, daß eine pikfeine Stadt hier oben entstehen wird, wenn es erst so weit ist.«

»Eine verdammt feine Stadt«, fügte Kurz hinzu. »Mit wunderbarer Aussicht und herrlicher Einsamkeit.«

Wieder hörte man ungeduldige Ausbrüche, und Saltman rückte jetzt heran.

»Wir sind hierhergekommen, um Goldclaims zu belegen«, begann er. »Wir wissen schon, was ihr getan habt ... Ihr habt euch nicht weniger als fünf Quarzclaims einregistrieren lassen, und sie liegen alle in einer Linie quer durch die Bauplätze, am Erdrutsch und der Schlucht. Aber ihr habt einen Fehler gemacht! Denn zwei von den Eintragungen sind einfach Schwindel! Wer ist Seth Talbot? Keiner hat je etwas von so einem Kerl gehört. Und doch habt ihr heute morgen einen Claim auf seinen Namen eintragen lassen! Und ein zweites Feld habt ihr auf den Namen von Harry Macewell eintragen lassen. Aber der wohnt in Seattle. Ist schon letzten Herbst von hier weggezogen. Diese beiden Felder müssen also neu belegt und eingetragen werden.«

»Wie könnt ihr wissen, ob ich nicht Vollmacht von ihnen habe?« fragte Kid.

»Die hast du nicht«, antwortete Saltman. »Und wenn du sie wirklich hast, so bist du verpflichtet, sie vorzulegen ... Jedenfalls werden wir die Claims neu belegen.«

Saltman hatte schon die Sperrlinie überschritten und wandte sich eben zu den andern, um sie anzutreiben, als der Polizeileutnant rief:

»Zurück da ... Das ist nicht erlaubt.«

»Ich handle in Übereinstimmung mit dem Gesetz ... oder etwa nicht?« fragte Saltman herausfordernd den Leutnant.

»Mag sein, daß es gesetzlich ist«, lautete die ruhige Antwort. »Aber ich kann und werde nicht erlauben, daß fünftausend Mann den Versuch machen, zwei Claims zu belegen und abzustecken. Es würde äußerst gefährlich sein! Hier, an dieser Stelle und in diesem Augenblick ist es die Nordwest-Polizei, die das Gesetz vertritt. Der erste Mann, der die Sperrlinie überschreitet, wird erschossen. Und Sie, Bill Saltman, treten sofort zurück!«

Saltman gehorchte widerstrebend. Die ganze Menge aber, die sich in unregelmäßigen Haufen zusammenballte, wurde von einer Unruhe ergriffen, die wenig Gutes verhieß.

»Donnerwetter«, flüsterte der Leutnant Kid zu. »Sehen Sie doch die Leute, die wie Fliegen dort am Rande des Felsens kleben.«

Kid trat heraus.

»Ich bin gern bereit, mit offenen Karten zu spielen, Kameraden«, sagte er. »Wenn ihr durchaus Bauplätze haben wollt, bin ich bereit, sie euch zum Preise von hundert Dollar das Stück zu verkaufen, und dann könnt ihr ja, sobald wir alles vermessen haben, über die Lage würfeln.« Die Menge zeigte deutlich ihren Unwillen gegen diesen Vorschlag, aber Kid hob abermals die Hand, um sie zu beruhigen. »Bleibt doch stehen ... sonst geraten Hunderte von euch in Lebensgefahr.«

»Das ist uns ganz egal ... deshalb sollt ihr uns doch nicht beschwindeln«, rief eine Stimme. »Wir verlangen eine neue Belegung der Felder.«

»Aber es sind ja nur zwei Felder, die überhaupt in Frage kommen«, wandte Kid ein. »Wenn sie neu belegt werden, was macht dann der Rest von euch?« Er wischte sich mit dem Hemdärmel die Stirn, und im selben Augenblick rief eine Stimme:

»Nehmt uns alle mit ... mit gleich großen Anteilen!«

Keiner von den vielen, die diesem Vorschlag ihren Beifall zubrüllten, hatte eine Ahnung, daß er verabredet war, sobald Kid sich die Stirn mit dem Hemdärmel wischte.

»Ihr müßt eure Chancen mit uns teilen! Schmeißt die gesamten Bauplätze in einen Topf«, rief der Mann weiter ... »Und das Gold kommt mit in den Topf.«

»Aber es ist ja der reine Unsinn mit dem Gold«, wandte Kid ein.

»Das ist uns gleichgültig! Dann könnt ihr sie ja ruhig mit in denselben Pott schmeißen. Das Risiko wollen wir schon laufen.«

»Kameraden«, sagte Kid. »Ihr übt ja einen mordsmäßigen Zwang auf mich aus. Mir wäre es lieber, wenn ihr alle am andern Ufer geblieben wäret.«

Aber sein Versuch, die Entscheidung zu verzögern, war so unzweideutig, daß die Menge ihn unter gewaltigem Gebrüll nötigte, sofort seine Zustimmung zu geben. Saltman und die andern in der vordersten Reihe murrten.

»Kameraden«, rief Kid. »Bill Saltman und Wild Water wollen euch nicht alle teilnehmen lassen!«

Dadurch machten sich Bill Saltman und Wild Water unter sämtlichen Anwesenden gründlich unbeliebt.

»Aber wie sollen wir's jetzt anfangen?« fragte Kid. »Kurz und ich wollen natürlich die Majorität behalten. Wir sind die Entdecker.«

»Das ist euer gutes Recht«, riefen mehrere.

»Drei Fünftel für uns«, schlug Kid vor. »Und ihr, Kameraden, kriegt zwei Fünftel. Und ihr müßt eure Anteile natürlich bezahlen.«

»Zehn Cent per Dollar«, rief einer. »Und steuerfrei ...«

»Und der Präsident der Gesellschaft muß persönlich herumgondeln und euch die Dividende auf einem silbernen Teller bringen, nicht?« spottete Kid. »Nein, mein Herr. Aber zehn Cent per Dollar wird die ganze Geschichte schon in Schwung bringen. Ihr bekommt zwei Fünftel vom Aktienpaket, hundert Dollar pro Aktie zum Kurs von zehn Dollar, die sofort zahlbar sind. Mehr kann ich beim besten Willen nicht für euch tun.«

»Keine Vertrustung hier«, ertönte eine Stimme, und dieser Ausruf war es, der all die vielen Köpfe Kids Vorschlag einstimmig billigen ließ.

»Es sind rund fünftausend Mann hier anwesend ... das macht also fünftausend Aktien«, rechnete Kid laut nach. »Und diese fünftausend Aktien sollen zwei Fünftel des gesamten Kapitals ausmachen. Die Tra-li-Grundstücksgesellschaft wird demnach mit einem Kapital von einer Million zweihundertfünfzigtausend Dollar gegründet, also mit zwölftausendfünfhundert Aktien zu je hundert Dollar, und ihr, Kameraden, bekommt fünftausend von diesen Aktien zum Vorzugskurse von zehn Dollar die Aktie. Mir persönlich ist es vollkommen gleichgültig, ob ihr sie nehmt oder nicht.«

Die Menge fühlte sich vollständig überzeugt, ihn auf frischer Tat ertappt zu haben, daß er die beiden Claims auf falsche Namen hatte eintragen lassen. Sie traute ihm deshalb nicht ganz, sondern verlangte sofortige Erledigung der Angelegenheit. Ein Komitee wurde gewählt, das in großen Zügen die Organisation der Tra-li-Gesellschaft entwarf. Das Komitee lehnte den Vorschlag, die Aktien am nächsten Tage in Dawson zu liefern, ab, und zwar weil man befürchtete, daß die übrige Bevölkerung von Dawson, die an dem heutigen Rennen nach dem Golde nicht teilgenommen hatte, sonst auch noch einen Anteil an den Aktien fordern würde. Es wurde deshalb auf dem Eis unterhalb des Erdrutsches ein großes Feuer angezündet, und hier saß nun das Komitee und schrieb jedem Teilnehmer eine Quittung über zehn Dollar aus. Die zehn Dollar wurden an Ort und Stelle in Goldstaub abgewogen.

Gegen Abend war die Arbeit vollbracht, und Tra-li lag wieder still und öde da. Nur Kid und Kurz waren zurückgeblieben. Sie saßen jetzt in ihrer Hütte und verzehrten ihr Abendbrot, während sie sich über die Goldsäcke und das Verzeichnis der Aktionäre, das nicht weniger als viertausendachthundertvierundsiebzig Namen umfaßte, belustigten.

»Aber du hast das Geschäft noch nicht zu Ende geführt«, meinte Kurz.

»Das kommt schon noch«, versicherte Kid im Brustton der Überzeugung. »Er ist der geborene Hasardeur, und wenn Breck ihm unsern Tip zuflüstert, hält ihn nicht einmal eine Herzlähmung zu Hause.«

Es dauerte kaum eine Stunde, als es an die Tür klopfte und Wild Water in Begleitung Bill Saltmans eintrat. Ihre Blicke durchsuchten sofort eifrig die Hütte.

»Wenn ich nun aber im ganzen zwölfhundert Aktien haben möchte«, erklärte Wild Water, als sie schon eine halbe Stunde hin und her geredet hatten. »Mit den fünftausend, die heute verkauft worden sind, würde das nur sechstausendzweihundert Aktien ausmachen. Sie und Kurz würden dann immer noch sechstausenddreihundert behalten. Ihr hättet also doch die Majorität.«

»Aber Bill will ja auch welche haben«, sagte Kid widerstrebend. »Wir geben auf keinen Fall mehr als fünfhundert ab.«

»Wieviel kannst du denn anlegen?« fragte Wild Water Bill Saltman.

»Na ... sagen wir fünftausend Dollar.«

»Nun gut, Wild Water«, sagte Kid dann. »Wenn ich Sie nicht so gut kennen würde, gäbe ich Ihnen keine einzige von diesen dummen Aktien. Aber Kurz und ich wollen keinesfalls mehr als fünfhundert Aktien abgeben und verlangen fünfzig Dollar für die Aktie. Das ist unser letztes Wort in dieser Sache. Bill kann hundert haben, und die übrigen vierhundert kannst du ja nehmen.«

Schon am nächsten Tage erhielt Dawson Anlaß zum Lachen. Es begann frühmorgens, kurz vor Tagesanbruch, als Kid zum Warenhaus der A. C. Company kam und auf der schwarzen Tafel vor dem Eingang eine Bekanntmachung mit Reißnägeln befestigte. Es versammelten sich sogleich mehrere Zuschauer. Sie lasen die Mitteilung über seine Schulter hinweg und begannen schon, ehe der letzte Reißnagel saß, zu schmunzeln. Sofort strömten Hunderte von Leuten herbei, die nicht nahe genug an die schwarze Tafel kommen konnten, um die Bekanntmachung zu lesen; sie wählten deshalb einstimmig einen Vorleser, und im Laufe des Tages wurden viele ernannt, die mit lauter Stimme die von Kid am Eingang des Warenhauses angeschlagene Bekanntmachung vorlesen mußten. Viele Männer blieben stundenlang im Schnee stehen und hörten immer wieder zu, um all die heiteren Einzelheiten auswendig zu lernen. Die Bekanntmachung lautete wie folgt:

»Die Tra-li-Grundstücksgesellschaft veröffentlicht ihren Geschäftsbericht an der Mauer des Warenhauses A. C. Company. Der vorliegende Bericht ist der erste und letzte zugleich.

Sämtliche Aktionäre, die nicht bereit sind, für das Allgemeine Krankenhaus in Dawson zehn Dollar zu stiften, können diesen Betrag durch persönliche Rücksprache mit Herrn Wild Water Charley oder, falls diese nicht zum Erfolge führen sollte, durch Rücksprache mit Herrn Alaska-Kid zurückerhalten.

Einnahmen und Ausgaben.

4874 Aktien à 10 Dollar	48 740		Dollar
An Dwight Sanderson für Grundstücke		10 000	Dollar
An verschiedene Unkosten: Pulver, Bohrer, Winde, Eintragungsgebühren		1 000	Dollar
An Allgemeines Krankenhaus, Dawson		37 740	Dollar
insgesamt	48 740	48 740	Dollar
Von Bill Saltman für 100 Aktien Privatverkauf à 50 Dollar	5 000		Dollar
Von Wild Water Charley für 400 Aktien	20 000		Dollar

à 50 Dollar

An Bill Saltman zur Deckung von Unkosten als freiwilliger Aktionär	5 000	Dollar
An Allgemeines Krankenhaus, Dawson	3 000	Dollar
An Alaska-Kid und Kurz als Entschädigung für Verlust an Eiern und für moralisches Guthaben	17 000	Dollar
insgesamt 25 000	25 000	Dollar

Übriggebliebene Aktien: 7126. Diese Aktien, die keinen Wert haben, befinden sich im Besitz von Alaska-Kid und Jack Kurz und werden auf Wunsch an Interessenten, die geneigt sind, nach dem einsamen und friedlichen Gelände von Tra-li überzusiedeln, gratis abgegeben.

Anmerkung: Ruhe und Einsamkeit werden auf den Bauplätzen von Tra-li für alle Ewigkeit garantiert.

Gezeichnet: Alaska-Kid, Präsident
Jack Kurz, Sekretär.

Das Wunder des Weibes

Na, weißt du, Kid«, bemerkte Kurz, um die Unterredung, die allmählich eingeschlafen war, wieder in Fluß zu bringen, »ich finde jedenfalls nicht, daß du besonders aufs Heiraten versessen warst.«

Kid saß auf einem Zipfel seines Schlafsacks und war eifrig damit beschäftigt, die Füße eines knurrenden Hundes zu untersuchen, den er im Schnee auf den Rücken gewälzt hatte. Er gab deshalb keine Antwort. Kurz, der einen dampfenden Mokassin an einem Stock zum Trocknen ans Feuer hielt, sah seinem Kameraden aufmerksam ins Gesicht.

»Schau dir mal das Nordlicht an«, sagte er. »Ein bißchen leichtfertig sieht es aus! Fast genau wie so'n schillerndes, flatterndes Frauenzimmer! Von denen sind ja selbst die besten leichtfertig, wenn sie nicht komplett verrückt sind. Und Katzen sind sie alle, ohne Ausnahme, die kleinsten und die größten, die hübschesten und die häßlichsten. Sie sind ganz wie brüllende Löwen und keifende Hyänen, wenn sie erst mal einen Mann aufgespürt haben, den sie verzehren möchten.«

Wiederum blieb der Monolog Kurz' unbeantwortet. Kid gab dem Hund, der nach seiner Hand schnappte, einen leichten Klaps und setzte seine Untersuchung der wunden und blutenden Fußballen fort.

»Hm«, plauderte Kurz weiter. »Vielleicht denkst du, ich hätte nicht verheiratet sein können, wenn ich Lust gehabt hätte? Und vielleicht glaubst du auch nicht, daß ich verheiratet wäre, selbst wenn ich keine Lust gehabt hätte, wäre ich nicht aus so hartem Holz geschnitzt? Kid, willst du wissen, was mich gerettet hat? Ich will es dir sagen. Meine gute Lunge! Ich lief einfach fort, und die Schürze möchte ich sehen, die mich einholen könnte!«

Kid ließ den Hund laufen und krempelte seine eigenen dampfenden Mokassins um, die ebenfalls auf Stöcken zum Trocknen am Feuer hingen. »Wir werden bis morgen hierbleiben und Mokassins für die Hunde machen müssen«, ließ er sich herab mitzuteilen. »Die dünne Eiskruste verdirbt ihnen vollkommen die Pfoten.«

»Wir wollen lieber weitermarschieren«, wandte Kurz ein. »Wir haben nicht Proviant genug, um umkehren zu können, und müssen also sehen, so bald wie möglich das Gebiet der Rentiere oder der weißen Indianer zu erreichen ... sonst werden wir unsere eigenen Hunde essen müssen ... mit Haut und Haaren und wunden Pfoten! Aber glaubst du denn, daß überhaupt einer diese weißen Indianer gesehen hat? Alles nur Unsinn. Wie zum Teufel sollte eine Rothaut weiß sein können? Ein weißer Schwarzer wäre genauso natürlich und wahrscheinlich! Du, Kid, wir müssen also jedenfalls sehen, daß wir morgen weiterkommen. Das Land hier ist ja von allen Göttern verlassen ... jedenfalls von allem Wild. Die ganze Woche haben wir nicht eine einzige Hasenfährte gesehen ... das weißt du ja. Und wir müssen aus dieser Einöde heraus und irgendwohin, wo das Futter lebendig herumläuft.«

»Die Hunde werden aber alle besser laufen, wenn sie einen Ruhetag gehabt haben und Mokassins bekommen«, riet Kid. »Wenn du von irgendeiner Wasserscheide aus Ausschau halten würdest, so daß wir sehen könnten, was auf der andern Seite liegt, wäre es gar nicht so dumm. Wir müßten ja eigentlich jeden Augenblick offenes Hügelland antreffen. Das hat jedenfalls La Perle gesagt.«

»Pah! Nach seinem eigenen Bericht ist es zehn Jahre her, daß er durch diese Gegend kam, und er war damals so verrückt vor Hunger, daß er gar nicht ahnte, was er sah! Denk doch daran, daß er uns erzählt hat, er hätte große Flaggen auf den Bergen wehen sehen. Danach kannst du ausrechnen, wie verrückt er war! Und er gibt selber zu, daß er nie eine weiße Rothaut gesehen hat ... es war Anton, der ihm diesen Bären aufgebunden hat. Und der gute Anton war ja auch, zwei Jahre, ehe wir beide nach Alaska kamen, durchgebrannt. Aber ich werde morgen einen kleinen Ausflug machen. Und vielleicht erwische ich auch einen Elch. Aber wollen wir jetzt nicht schlafen?«

Kid verbrachte den Morgen im Lager, wo er Mokassins für die Hunde nähte und das Geschirr reparierte. Gegen Mittag kochte er für sie beide, aß dann seine Ration und begann sich nach Kurz' Rückkehr zu sehnen. Eine Stunde später schnallte er sich die Schneeschuhe an und begann der Fährte seines Partners nachzugehen. Sie führte ihn das Flußbett hinauf und durch eine enge Schlucht, die sich plötzlich zu einer Elchweide erweiterte. Aber offenbar waren seit dem ersten Schneefall keine Tiere dagewesen. Die Furchen von Kurz' Schneeschuhen überquerten die Weide und führten den sanften Hang einer niedrigen Wasserscheide hinauf. Auf der Kuppe blieb Kid stehen. Die Fährte Kurz' lief den andern Hang wieder hinab. Die ersten Fichten standen unten im Flußbett, eine kleine Meile entfernt, und es leuchtete Kid ein, daß Kurz sie passiert haben mußte. Kid sah auf seine Uhr, gedachte der eintretenden Dunkelheit, der wartenden Hunde, des einsamen Lagers und entschloß sich widerstrebend zur Umkehr. Vorher aber warf er noch einen langen spähenden Blick über das weite Land. Der ganze östliche Horizont war von dem schneebedeckten Grat der Rocky Mountains begrenzt und glich der zackigen Schneide einer Säge. Das gewaltige Gebirge erstreckte sich, Kette neben Kette, nach Nordwesten und schien den Weg nach dem offenen Lande, von dem La Perle erzählt hatte, zu versperren. Es sah deshalb aus, als ob die Berge sich zusammengetan hätten, um den Wanderer nach dem Westen und dem Yukon zurückzudrängen.

Bis Mitternacht unterhielt Kid ein großes Feuer, das Kurz als Wegweiser dienen konnte. Und sobald er am nächsten Morgen das Lager abgebrochen und die Hunde vorgespannt hatte, nahm er die Verfolgung auf. In der engen Schlucht, durch die er ging, spitzte der Leithund plötzlich die Ohren und begann zu heulen. Bald danach stieß Kid auf sechs Indianer, die ihm entgegenkamen. Sie trugen nur leichtes Gepäck und hatten keine Hunde bei sich. Sie umringten ihn und gaben ihm sofort verschiedene Gründe, erstaunt zu sein. Es war nämlich ganz offenbar, daß sie unterwegs waren, um ihn aufzusuchen. Ebenso schnell stellte er fest, daß sie keinen der ihm bekannten Indianerdialekte sprachen. Es waren indessen keine weißen Rothäute, obgleich sie größer und kräftiger gebaut waren als die Indianer unten am Yukon. Fünf von ihnen trugen lange altmodische Gewehre, während der sechste einen Winchesterstutzen trug, den Kid sofort als Kurz' Eigentum erkannte.

Sie verschwendeten auch keine Zeit, um ihn feierlich gefangenzunehmen. Er trug selbst keine Waffen und war also gezwungen, sich zu ergeben. Den Inhalt des Schlittens übernahmen sie ohne weiteres und verteilten ihn unter sich. Er selbst mußte ein Bündel mit seinem und Kurz' Schlafsack auf den Rücken nehmen. Die Hunde liefen ohne Sielen herum, und als Kid dagegen Einspruch erhob, bedeutete ihm einer der Indianer durch Zeichen, daß der Weg zu schwierig zum Schlittenfahren sei. Kid mußte sich deshalb in das Unvermeidliche fügen, stellte den Schlitten auf den Hang oberhalb des Flusses aufrecht in den Schnee und trottete dann mit seinen Wärtern weiter. Sie zogen über die Wasserscheide nordwärts nach den Fichten, die Kid am vorigen Abend aus der Ferne gesehen hatte.

Die erste Nacht verbrachten sie in einem Lager, das seit mehreren Tagen benutzt sein mußte. Hier lagen reichliche Mengen von getrocknetem Lachs und einer Art Pemmikan, die die Indianer in ihren Bündeln verstauten. Von diesem Lagerplatz aus lief eine durch viele Schneeschuhe getretene Fährte ... Kid war sich darüber klar, daß sie von den Leuten herrührte, die Kurz gefangengenommen hatten. Und schon ehe es dunkel wurde, hatte er unter den vielen Spuren die von Kurz' Schneeschuhen festgestellt, die schmaler als die der Indianer waren. Als er die Indianer durch Zeichen danach befragte, nickten sie zur Bestätigung und wiesen mit den Fingern nach Norden.

Die folgenden Tage zeigten sie immer nur nach dem Norden, und auch die Fährte, die sich durch ein wahres Chaos von hohen Felsblöcken schlängelte, führte in diese Richtung. Der Schnee war tiefer als in den niedriger gelegenen Tälern, und sie hätten überhaupt nicht ohne Schneeschuhe vorwärts kommen können. Kids Wärter, die alle jung waren, wanderten indessen leicht und sicher. Und er konnte einen gewissen Stolz nicht unterdrücken, daß er so mühelos mit ihnen Schritt zu halten vermochte.

Sie brauchten sechs Tage, um den mittleren Paß zu erreichen und zu überschreiten, denn wenn er auch im Verhältnis zu den Bergen, die ihn umgaben, niedrig erschien, war er an sich doch schreckenerregend und für schwerbeladene Schlitten überhaupt unbefahrbar. Nachdem sie weitere fünf Tage dem gewundenen Weg, der sich immer tiefer und tiefer den Berg hinabschlängelte, gefolgt waren, gelangten sie in das offene, wellenförmige, nur leicht hügelige Gelände, das La Perle zehn Jahre zuvor besucht hatte. Kid erkannte es auf den ersten Blick – es war ein eisiger Tag, das Thermometer stand vierzig Grad unter Null, und die Luft war so klar, daß er Hunderte von Meilen weit sehen konnte. So weit sein Blick reichte, erstreckte sich das wellenförmige Gelände. Fern im Osten erhoben die Gipfel der Rocky Mountains ihre schneebedeckten Bastionen gen Himmel. Nach Süd und Südwest liefen die zackigen Ketten, die dem soeben überschrittenen hoch aufragenden System von Ausläufern angehörten. Und in der großen Senkung inmitten dieser Gebirge lag das Gelände, das La Perle durchwandert hatte ... im Augenblick freilich weiß von Schnee, aber sicher zu verschiedenen Jahreszeiten reich an Wild, und im Sommer von bunten Blumen bedeckt.

Sie wanderten weiter an einem breiten Strom entlang, an verschneiten Weiden und an entlaubten Eschen vorbei, durch Niederungen mit vielen Fichten und erreichten gegen Mittag ein großes Lager, das seit einigen Tagen verlassen schien. Im Vorbeigehen warf Kid einen prüfenden Blick hin und schätzte es auf vier- bis fünfhundert Feuer, so daß also die Bevölkerung in die Tausende gehen mußte. Die Schlittenfährte war so frisch und von den vielen Füßen so festgestampft, daß Kid und seine Wärter sich die Schneeschuhe abschnallten und nun in Mokassins schneller weitergehen konnten. Allmählich begannen die Spuren eines Wildbestandes sichtbar zu werden, der immer reicher zu werden schien ... Sie sahen Fährten von Wölfen und Luchsen, die ohne Fleisch ja nicht leben konnten. Einmal stieß einer der Indianer einen Ruf der Zufriedenheit aus und wies auf ein weites verschneites Feld, das mit Rentierschädeln bedeckt war, denen die wilden Tiere Haut und Fleisch abgenagt hatten. Und auf dem ganzen Gelände war die Schneedecke so zerstampft und aufgerissen, als ob ein ganzes Heer dort einen schweren Kampf ausgefochten hätte. Kid war sich gleich darüber klar, daß Jäger hier seit dem letzten Schneefall sehr viele Tiere erlegt hätten. Obgleich die lang andauernde Dämmerung schon angebrochen war, schien doch niemand die Absicht zu haben, ein Lager aufzuschlagen. Die Indianer gingen weiter durch die zunehmende Dunkelheit, die jedoch allmählich von dem leuchtenden Himmel erhellt wurde ... große glitzernde Sterne funkelten durch den grünen Schimmer des zitternden Nordlichts. Die Hunde waren die ersten, die das ferne Getöse des Lagers hörten ... Sie spitzten die Ohren und winselten leise aus Eifer und Verlangen. Dann hörten auch die Wanderer das Geräusch ... zuerst ein Murmeln, das die Entfernung noch schwach und dumpf machte, das aber doch ohne die sanft rauschende Romantik war, welche alle sehr fernen Geräusche kennzeichnet. Es waren statt dessen wilde und laute Töne ... ein Gewirr von schrillen Lauten, die von einem noch schrilleren durchbrochen wurden ... dem langen, unheimlich eintönigen Wolfsgeheul vieler Hunde ... einem Johlen und Schreien, wie aus Unfrieden und Schmerz, schwermütig und klagend, wie die Stimmen hoffnungsloser Empörung gegen ein unabwendbares Schicksal.

Kid öffnete sein Uhrglas, und mit bloßen Fingern Zeiger und Ziffern nachprüfend, konnte er feststellen, daß es bereits gegen elf Uhr war. Die Männer, die ihn begleiteten, beschleunigten ihren Gang. Die Beine, die sich bereits mehr als zwölf ermüdende Stunden bewegt hatten, mußten sich noch mehr beeilen, so daß sie fast liefen oder, die meiste Zeit jedenfalls, trabten. Aus einer düsteren Fichtenniederung traten sie auf einmal in den Lichtkreis vieler Feuer und in einen plötzlich gewaltig anwachsenden Lärm. Vor ihnen lag das große Lager.

Und als sie es erst betreten hatten und durch seine unregelmäßigen Wege gingen, gerieten sie in ein wildes Getümmel, das wie eine Woge gegen sie anbrach und brausend mit ihnen weiterrollte ... Rufe, Grüße, Fragen und Antworten, Späße und Witze flogen hin und her; die Wolfshunde schnappten und knurrten wütend und stürzten sich wie zottige Kugeln auf Kids fremdartige Hunde; die Indianerfrauen schimpften und lachten; die Kinder wimmerten und weinten; die Kranken klagten und stöhnten, wenn sie aus ihrem Schlaf zu neuen Schmerzen geweckt wurden ... hier herrschte der ganze Höllenlärm, der ein Lager von Völkern der Einöden, von Völkern ohne Nerven, kennzeichnet.

Mit ihren Keulen und Gewehrkolben scheuchten Kids Begleiter die angriffslustigen Hunde zurück, während seine eigenen Tiere, die sich vor so vielen Feinden fürchteten, sich erregt knurrend und schnappend zwischen den Beinen ihrer menschlichen Beschützer verkrochen.

Es wurde erst haltgemacht, als sie den festgestampften Schnee um ein großes Feuer erreichten, wo Kurz mit zwei jungen Indianern hockte und lange Streifen Elchfleisch briet. Drei andere junge Indianer, die bereits in ihren Schlafsäcken auf einem Lager von Fichtenzweigen lagen, richteten sich auf. Kurz sah seinen Partner über das Feuer hinweg an, aber seine Miene blieb unbewegt und gleichgültig, genau wie die der Indianer. Er gab auch keine Zeichen, daß er Kid erkannte, sondern briet seelenruhig sein Fleisch weiter.

»Was hast du denn?« fragte Kid verärgert. »Kannst du nicht mehr reden?«

Das alte, vertraute Lachen glitt über Kurz' Gesicht. »Nein«, antwortete er. »Ich bin Indianer geworden. Ich habe jetzt gelernt, daß man keine Überraschung zeigen darf. Wann haben sie dich erwischt?«

»Am Tage nach deinem Verschwinden.«

»Hm«, sagte Kurz, und ein halb spöttisches Lächeln blitzte in seinen Augen auf. »Ich befinde mich hier sauwohl, darauf kannst du schwören. Es ist das Lager der Junggesellen.« Er streckte mit einer großartigen Bewegung die Hand aus, als ob er all die Herrlichkeiten an seine Brust drücken wollte, obgleich sie nur aus einem Feuer, aus Schlafplätzen aus Fichtenzweigen, die auf dem Schnee ausgestreut waren, aus Elchhautzelten und aus Windschirmen, die aus Fichten- und Weidenzweigen geflochten waren, bestanden.

»Und hier siehst du die Junggesellen!«

Diesmal zeigte er auf die jungen Männer und spie dabei einige Gaumenlaute in ihrer Sprache aus, so daß sie dankbar und erfreut das Weiße ihrer Augen und Zähne blitzen ließen.

»Sie freuen sich, dich kennenzulernen, Kid. Setz dich und trockne deine Mokassins, dann werde ich etwas Futter für dich fertigmachen. Ich kann schon richtig mit ihrem Kauderwelsch umgehen. Das wirst du auch nötig haben, denn mir scheint, als ob wir ziemlich lange hierbleiben werden! Es ist noch ein Weißer hier. Der wurde vor sechs Jahren gefangengenommen. Es ist ein Ire, den sie am Großen Sklavensee aufgegabelt haben. Hier wird er Danny McCan genannt. Er hat sich schon mit einer Indianerfrau zur Ruhe gesetzt. Hat schon zwei Kinderlein, will sich aber trotzdem unsichtbar machen, wenn sich eine Möglichkeit bieten sollte. Siehst du das niedrige Feuer drüben rechts? Da ist sein Wigwam.«

Kid sollte offenbar auch hierbleiben, denn seine Wärter verließen ihn und seine Hunde und schritten tiefer ins Lager hinein. Während er für seine Fußbekleidung Sorge trug und gleichzeitig lange Streifen warmen Fleisches verschlang, kochte und schwätzte Kurz weiter.

»Es ist ja zweifellos eine herrliche Suppe, die wir uns hier eingebrockt haben ... kannst mir ruhig glauben! Und wir müssen verdammt früh aufstehen, wenn wir lebendig aus diesem Hexenkessel entschlüpfen wollen. Sie sind richtige, waschechte wilde Indianer. Sie sind freilich nicht weiß, aber ihr Häuptling ist es. Er spricht, als ob er das Maul voll von heißem Brei hätte ... Und wenn er nicht ein Vollblutschotte ist, dann gibt's überhaupt gar nicht so was wie Schotten in dieser verworrenen Welt. Er ist der Hiju, Skookum, Oberhäuptling des ganzen Warenhauses. Was er sagt, ist einfach Gesetz ... das mußt du dir gleich von Anfang an klarmachen. Danny McCan versucht jetzt seit sechs Jahren durchzubrennen. Danny ist ein ganz guter Kerl, aber viel Mumm steckt nicht mehr in seinen alten Knochen. Er weiß einen Weg, auf dem man entkommen kann – hat ihn auf den Jagden kennengelernt – westlich von dem Weg, den wir gekommen sind. Er hat nur nicht die richtigen Nerven, um so eine Sache allein zu deichseln. Aber wir drei werden den Laden schon schmeißen. Backenbart ist ja ganz nett und todanständig, aber trotzdem ist er ein bißchen reichlich verschroben.«

»Wer ist der Backenbart?« fragte Kid, der unterdessen die warmen Fleischstücke mit wahrem Wolfshunger verschlungen hatte, jetzt aber eine kleine Pause machte.

»Na, das ist ja der Obergeneral-Idiot ... der alte Schotte ... er ist wirklich etwas alt geworden, und deshalb schläft er wohl auch jetzt schon. Aber morgen wird er dich sehen wollen, und er wird dir mit aller gewünschten Deutlichkeit sagen, was du für ein jämmerlicher Wicht bist, wenn du auf seine Jagdgründe gerätst. Denn dieses ganze Gebiet gehört ihm, das mußt du deiner Kokosnuß gleich einbleuen. Hier ist noch nie ein Forscher oder Entdecker gewesen, und es gehört ihm alles. Er hat ungefähr zwanzigtausend Quadratmeilen als Jagdgebiet. Er ist auch der weiße Indianer ... er und sein Frauenzimmer. Haha, du brauchst mich deshalb nicht so anzugucken ... warte, bis du sie gesehen hast ... Verflucht hübsches Ding und ganz weiß, wie der Papa ... du weißt, der Backenbart! Und Rentiere! Donnerwetter noch mal! Ich hab sie schon gesehen ... die Herden werden jetzt ostwärts getrieben, und wir sollen ihnen nachgehen ... jeden Tag kann es losgehen ... Was Backenbart von Rentieren und von Lachsen weiß, das weiß sonst keiner in der Welt ... das kannst du mir ruhig glauben.«

»Da kommt Backenbart – er sieht aus, als ob er irgend was vorhätte«, flüsterte Kurz.

Es war Morgen, und die Junggesellen hockten schon um das Feuer und verzehrten ein gutes Frühstück aus Elchfleisch, das sie geröstet hatten. Kid blickte auf und sah einen kleinen schlanken Mann. Er war wie ein Wilder in Pelze gekleidet, aber trotzdem sah man sofort, daß er ein Bleichgesicht war. Er ging an der Spitze eines Hundegespanns und wurde von einem Dutzend Indianer begleitet. Kid zerbrach eben einen heißen Knochen, und während er das dampfende Mark aussaugte, blickte er seinen Wirt, der sich ihnen näherte, prüfend an. Ein ergrauter und vom Rauch vieler Lagerfeuer geschwärzter, buschiger Bart verbarg den größten Teil des Gesichtes, konnte aber doch die mageren, fast unheimlich eingefallenen Wangen nicht verbergen. Kid stellte aber fest, daß diese Magerkeit nicht von Krankheit oder Schwäche herrührte, denn die weit geöffneten Nüstern und die gewölbte, breite Brust zeugten von außergewöhnlicher Gesundheit.

»Guten Tag«, sagte der Mann. Gleichzeitig zog er einen Handschuh ab und gab Kid die Hand. »Mein Name ist Snass«, fügte er hinzu, als sie sich die Hände schüttelten.

»Und ich heiße Alaska-Kid«, antwortete Kid mit einem eigentümlichen Gefühl der Unruhe, als er in die klaren, durchdringenden Augen blickte.

»Sie haben genug zu essen, scheint es.«

Kid nickte und begann wieder seinen Markknochen zu bearbeiten. Das Schnurren der schottischen Aussprache berührte ihn seltsam angenehm.

»Es sind natürlich nur derbe Gerichte, die wir Ihnen bieten können. Aber es geschieht dafür selten, daß wir hungern müssen. Und unser Essen ist jedenfalls natürlicher und gesünder als der gekünstelte Fraß, den man in den Städten bekommt.«

»Sie lieben offenbar die Städte nicht«, sagte Kid lachend, nur um etwas zu sagen. Er war aber ganz verblüfft, als er die Veränderung bemerkte, die seine Worte in Snass' Gesicht hervorriefen.

Wie eine empfindliche Pflanze schien die ganze Gestalt des Mannes plötzlich zu zittern und sich zu krümmen. Dann wich die Erregung, um sich in seinen Augen zu konzentrieren, die – in wildem Aufruhr – einen Haß sprühten, der seine unermeßliche Pein, seinen unsagbaren Schmerz fast in die Welt hinausschrie. Mit einem Ruck wandte er sich ab, nahm sich aber mit einer gewaltigen Anstrengung wieder zusammen und warf Kid einen Gruß zu:

»Ich werde Sie später ja sehen, Herr Kid. Die Rentiere beginnen ostwärts zu wandern, und ich muß deshalb fort, um einen Lagerplatz zu finden. Morgen werden wir alle weiterwandern müssen.«

»Ein tüchtiger Backenbart, nicht?« flüsterte Kurz, als Snass an der Spitze seiner Schar verschwunden war.

Später am selben Morgen bummelte Kid im Lager herum. Alle waren mit ihren einfachen Pflichten beschäftigt. Eine große Schar von Jägern war soeben zurückgekehrt, und die Männer zerstreuten sich an die verschiedenen Lagerfeuer. Viele Frauen und Kinder waren im Begriff, mit den Hunden, die vor leere Tobogganschlitten gespannt waren, auszuziehen, während andere Frauen, Kinder und Hunde Schlitten mit frischgeschlachtetem, aber schon gefrorenem Fleisch herbeizogen. Ein kalter Frühlingswind wehte, und der ganze wilde Auftritt spielte sich bei einer Temperatur von dreißig Grad unter Null ab. Nirgends sah man gewebte Stoffe, alle waren in Pelzwerk und leichtgegerbte Felle gekleidet. Knaben liefen vorbei, sie hatten Bogen in den Händen, und ihre Köcher waren von Pfeilen mit knöchernen Widerhaken vollgestopft. Kid sah auch viele Jagdmesser aus Knochen oder Stein, die am Gürtel oder in ledernen Riemen um den Hals getragen wurden. Frauen beugten sich über die Feuer und kochten und brieten, während die kleinen Kinder, die sie auf dem Rücken trugen, mit großen runden Augen um sich blickten und an Klumpen von Talg saugten. Hunde, sehr nahe Verwandte von Wölfen, kamen mit gesträubten Haaren auf Kid zu, aber nur, um von ihm mit seinem kurzen Knüppel verjagt zu werden. Sie wollten alle diesen Fremden beschnüffeln, den sie des harten Knüppels wegen dulden mußten.

Mitten im Lager brannte ein Feuer ganz für sich. Kid war sich klar darüber, daß es der Lagerplatz Snass' sein mußte. Obwohl offenbar nur zu vorübergehendem Gebrauch gedacht, schien er dennoch sorgfältig gebaut zu sein und war von bedeutendem Umfang. Eine ganze Menge Bündel Felle und Ausrüstungen aller Art lagen auf einem Gerüst, so daß die Hunde sie nicht erreichen konnten. Eine große Leinwandplane war wie ein Halbzelt so aufgestellt, daß man in seinem Schutz schlafen und sich aufhalten konnte. Daneben stand ein Zelt aus Seide, wie Forschungsreisende oder reiche Großwildjäger sie bevorzugen. Kid hatte noch nie ein solches Zelt gesehen und trat deshalb näher. In diesem Augenblick wurde der Vorhang beiseite geschlagen, und eine junge Frau trat heraus. Sie kam so plötzlich und schnell, daß ihr Erscheinen auf Kid wie eine Offenbarung wirkte. Er schien jedoch denselben Eindruck auf sie gemacht zu haben, und einen langen Augenblick blieben beide stehen und starrten sich an.

Sie war ganz in Pelzwerk gekleidet, aber in Pelzwerk von so wunderbarer Schönheit, wie Kid es nie auch nur im Traum gesehen hatte. Ihre Parka, deren Kapuze sie zurückgeschlagen hatte, bestand aus irgendeinem unbekannten Pelz von der Farbe fahlen Silbers. Die Mukluks, deren Sohlen aus Walroßhaut waren, bestanden aus den silberfarbenen Fußballen vieler Luchse. Die langen Stulpenhandschuhe, die Troddeln an den Knien, all der verschiedenartige Pelzbesatz ihrer Kleidung hatte denselben blassen Silberglanz, der in der eisigen Luft wie Mondlicht schimmerte ... und aus diesem fahlfunkelnden Silber erhob sich auf einem schlanken, feingeformten Hals ein Kopf, dessen rosiges Gesicht ebenso hell war, wie ihre Augen blau waren. Die Ohren glichen rosigen Muscheln. Das hellbraune Haar war von Reif bedeckt, so daß es wie von glitzernden Eiskristallen funkelte. Kid sah das alles und noch mehr wie in einem märchenhaften Traum. Dann nahm er sich zusammen und faßte nach seiner Mütze. Im selben Augenblick wich der benommene Blick aus den Augen des Mädchens, die ihn wie ein Wunder angestarrt hatte, einem natürlichen Lächeln. Mit einer schnellen, lebhaften Bewegung zog sie einen Handschuh aus und gab ihm die Hand. »Guten Tag«, flüsterte sie ernst, mit einem eigenartigen, aber reizenden Akzent. Ihre Stimme hatte einen silbernen Klang, der ihrem Pelzwerk in sonderbarer Weise entsprach, und berührte Kids Ohr als etwas Ungewohntes und Merkwürdiges, da er so lange nur die rauhen Stimmen der Squaws in den verschiedenen Lagern gehört hatte.

Er vermochte nur einige Gemeinplätze zu stammeln, ungeschickte Erinnerungen aus seinem einstigen Gesellschaftsleben.

»Ich freue mich, Sie kennenzulernen«, sagte sie langsam und unsicher, während ein strahlendes Lächeln über ihr Gesicht glitt. »Sie müssen mein Englisch entschuldigen. Es ist nicht sehr schön! Ich bin Engländerin«, versicherte sie ihm ernst. »Mein Vater ist Schotte. Meine Mutter ist tot. Sie war

Französin und Engländerin und auch ein klein wenig Indianerin. Ihr Vater war irgend etwas Großes bei der Hudson-Bucht-Company. Hu, es ist so kalt heute.« Sie zog ihren Handschuh wieder an und rieb sich die Ohren, deren zartes Rosa schon anfing, weiß zu werden. »Wollen wir ans Feuer gehen und uns ein bißchen unterhalten? Ich heiße Labiskwee. Wie heißen Sie denn?«

Auf diese Weise machte Kid die Bekanntschaft Labiskwees, der Tochter des alten Snass, der sie selbst Margaret nannte.

»Mein Vater heißt gar nicht Snass«, teilte sie Kid mit. »Snass ist nur sein indianischer Name ...«

Kid lernte vieles an diesem Tage und den folgenden, während das Jagdlager der Fährte der Rentiere folgte. Es waren wirklich wilde Indianer, dieselben, die Anton einst getroffen hatte, und denen er vor so vielen Jahren entkommen war. Sie befanden sich jetzt nahe der westlichen Grenze ihres Territoriums. Im Sommer zogen sie nordwärts bis zu den arktischen Tundren und westwärts bis an den Luskwa. Was der Luskwa für ein Fluß war, konnte Kid freilich nicht feststellen, und weder Labiskwee noch McCan konnten ihm Auskunft darüber geben. Hin und wieder zog Snass mit einer großen Schar tüchtiger Jäger ostwärts über die Rocky Mountains, an den Seen und am Mackenzie vorbei in die Einöde. Bei dem letzten Ausflug in dieser Richtung hatte man das Zelt Labiskwees gefunden.

»Es gehörte der Milicent-Abdury-Expedition«, erzählte Snass Kid.

»Ach wirklich? Ja, ich erinnere mich! Sie suchte nach Moschusochsen. Die Hilfsexpedition fand nie eine Spur von den beiden.«

»Ich fand sie«, sagte Snass. »Aber sie waren tot.«

»Die Welt weiß es noch nicht; sie hat nie etwas davon erfahren.«

»Die Welt wird auch nie etwas davon erfahren«, versicherte Snass ihm freundlich.

»Sie meinen, wenn sie am Leben gewesen wären, als Sie sie fanden ...«

Snass nickte. »So hätten sie bei mir und meinem Volke bleiben müssen.«

»Anton entkam aber«, sagte Kid herausfordernd.

»Ich entsinne mich nicht mehr des Namens. Wie lange ist das her?«

»Vierzehn oder fünfzehn Jahre«, antwortete Kid.

»Er kam also durch ... trotz allem. Wissen Sie, ich habe seinerzeit oft an ihn gedacht. Wir nannten ihn ›Langzahn‹. Er war ein kräftiger Mann.«

»La Perle kam vor zehn Jahren durch dieses Gebiet.«

Snass schüttelte den Kopf.

»Er fand Spuren Ihrer Lagerplätze ... es war im Sommer.«

»Das erklärt die Sache«, antwortete Snass. »Im Sommer sind wir im hohen Norden, Hunderte von Meilen von hier entfernt.«

Soviel Kid sich aber auch bemühte, konnte er doch nichts von der Geschichte Snass' aus der Zeit erfahren, ehe er in der Wildnis des Nordens zu leben begann. Er war nicht ohne Erziehung, aber in der ganzen dazwischenliegenden Zeit hatte er weder Bücher noch Zeitungen gelesen. Er hatte keine Ahnung, was in der Welt seither geschehen war – aber es interessierte ihn auch gar nicht, es zu erfahren. Er hatte etwas von den Goldsuchern am Yukon und von dem großen Goldfund in Klondike gehört. Aber die Goldsucher hatten nie sein Gebiet betreten, und er freute sich aufrichtig darüber. Die Welt außerhalb seines Territoriums existierte nicht für ihn. Und er duldete nicht, daß sie erwähnt wurde.

In dieser Beziehung konnte Labiskwee auch keine Auskunft geben. Sie selbst war in den Jagdgründen geboren. Ihre Mutter hatte noch sechs Jahre gelebt ... sie war die einzige weiße Frau, die Labiskwee je gesehen hatte. Sie erzählte ihm das mit einem wehmütig-sehnsuchtsvollen Klang in der Stimme, überhaupt zeigte sie bei tausend Gelegenheiten, daß sie ein wenig von der großen fremden Welt wußte, deren Tür ihr Vater so fest verriegelt hatte. Aber sie bewahrte dieses Wissen wie ein furchtbares Geheimnis, das sie ängstlich hüten mußte. Labiskwee hatte schon längst aus Erfahrung gelernt, daß ihr Vater bei jeder Erwähnung der fremden Welt wahre Wutanfälle bekam.

Anton hatte einst einer Indianerin von ihrer Mutter erzählt, und er war es, der gesagt hatte, daß sie die Tochter eines hohen Beamten der Hudson-Bucht-Company gewesen war. Später hatte diese Squaw es dann Labiskwee selbst weitererzählt. Aber den Namen ihrer Mutter hatte sie nie gekannt.

Als Quelle bedeutungsvoller Informationen war der gute McCan absolut untauglich. Er liebte überhaupt keine Abenteuer. Das Leben in der Einöde war ihm ein Greuel, und doch hatte er neun Jahre hier verbracht. In San Franzisko war er von einem Heuerbaas schanghait worden, aber später bei Point Barrow mit drei Kameraden von dem Walfängerschiff desertiert. Zwei von ihnen waren längst gestorben, und der dritte hatte ihn auf der furchtbaren Wanderung nach dem Süden verlassen. Zwei Jahre hatte er unter den Eskimos verbracht, bevor er den Mut fand, die Wanderung nach dem Süden fortzusetzen ... und dann, nur noch wenige Tagesreisen von einer der Stationen der Hudson-Bucht-Company entfernt, wurde er von einer kleinen Schar von Snass' jungen Männern eingefangen. Er war ein schmächtiger, unintelligenter Mensch, der an einer Augenkrankheit litt. Und er konnte von nichts anderem sprechen und träumen als von der Möglichkeit, nach San Franzisko und zu seinem geliebten Maurerhandwerk zurückzukehren.

»Sie sind der erste intelligente Mensch, den wir hier gehabt haben«, erklärte Snass liebenswürdig, als er und Kid eines Abends am Feuer saßen. »Das heißt, mit Ausnahme von Vierauge, so wurde der Alte von meinen Indianern genannt, denn er trug eine Brille und war sehr kurzsichtig. Er war ursprünglich Professor der Zoologie ...« Kid bemerkte, wie korrekt Snass dieses Fremdwort aussprach ... »Er starb vor gut einem Jahre. Meine jungen Männer fanden ihn, als er sich von seiner Expedition am oberen Porcupine verirrt hatte. Er war sehr intelligent ... o ja ... aber dabei freilich auch ein Narr ... das war seine Schwäche ... er verirrte sich immer! Er war gründlich in Geologie beschlagen und wußte, wie man

Metall bearbeitet. Drüben am Luskwa, wo Kohle ist, haben wir auch einige sehr anständige Handschmieden nach seiner Anleitung eingerichtet. Er reparierte unsere Gewehre und lehrte auch unsere jungen Männer, wie sie es machen sollten. Er starb leider voriges Jahr, und wir haben ihn ehrlich vermißt. Er verirrte sich ... er tat es, wirklich ... und erfror kaum eine Meile von unserem Lager.«

Am selben Abend sagte Snass zu Kid:

»Es wäre klüger, wenn Sie sich eine Frau wählen würden, so daß Sie Ihr eigenes Feuer bekommen könnten. Dann würden Sie es viel bequemer haben als bei den jungen Leuten. Das Feuer der Jungfrauen wird erst angezündet, wenn Hochsommer und Lachs da sind ... es ist so eine Art Fest der Jungfrauen, wissen Sie ... aber ich kann es früher tun lassen, wenn Sie es wünschen.«

Kid lachte und schüttelte den Kopf.

»Vergessen Sie nicht«, beendete Snass ruhig die Unterredung. »Anton ist der einzige, der jemals von hier entkam. Er hatte Glück – ganz außergewöhnliches Glück.«

Labiskwee erzählte Kid, daß ihr Vater einen eisernen Willen hatte.

»Vierauge pflegte ihn den ›gefrorenen Seeräuber‹ zu nennen – ich weiß nicht, was er damit meinte – oder ›den Tyrannen des Eises‹, ›den Höhlenbären‹, ›den primitiven Tiermenschen‹, ›den König der Rentiere‹, ›den bärtigen Panther‹ und mit einer Menge ähnlicher Namen zu nennen. Vierauge liebte solche Ausdrücke sehr. Er lehrte mich auch mein erstes Englisch. Er machte immer Späße. Man wußte nie, wo er eigentlich hinwollte. Er nannte mich seinen ›Cheetah-Kameraden‹, wenn ich zornig gewesen war. Was bedeutet eigentlich ›Cheetah‹?« Sie plauderte weiter mit einer eifrigen und offenen Kindlichkeit, die Kid nicht gleich mit der reifen Fraulichkeit ihrer Gestalt und ihres Gesichts in Einklang bringen konnte.

Ja, ihr Vater war eisern und herrisch. Alle fürchteten ihn. Wenn er zornig wurde, war er schreckenerregend. Da war zum Beispiel die Geschichte mit den Leuten aus Porcupine. Durch sie und die Leute von Luskwa verkaufte er seine Felle an die Handelsstationen, und durch sie erhielt er auch seine

Vorräte an Munition und Tabak. Er war stets korrekt in seinen Geschäften, aber der Häuptling der Porcupines versuchte ihn zu betrügen. Und nachdem Snass ihn zweimal gewarnt hatte, brannte er sein hölzernes Dorf ab, und mehr als ein Dutzend Porcupines fielen in dem Kampf. Aber mit dem Betrügen war es ein für allemal vorbei! Ein andermal war es – als sie noch ein kleines Kind war – geschehen, daß ein Weißer zu fliehen versuchte ... aber Snass fing und tötete ihn, das heißt, er selbst tat es natürlich nicht, sondern er gab den jungen Männern des Stammes Befehl, es zu tun. Keiner der Indianer würde es wagen, ihrem Vater nicht zu gehorchen.

Aber je mehr Kid von ihr erfuhr, um so mehr vertiefte sich das Geheimnis, das die Persönlichkeit Snass' umgab.

»Und erzählen Sie mir doch, ob es wahr ist«, fragte das junge Mädchen, »ob es wahr ist, daß einst ein Mann und seine Frau gelebt haben, die Paolo und Francesca hießen und einander über alles in der Welt liebten?«

Kid nickte.

»Vierauge erzählte mir von ihnen«, berichtete sie und strahlte dabei vor Glück. »Er hat es also nicht selbst erfunden, wie es scheint. Sie sehen, ich war nicht ganz sicher ... ich habe meinen Vater einmal gefragt, aber er wurde nur böse. Die Indianer haben mir verraten, daß er dem armen Vierauge deswegen furchtbare Vorwürfe machte. Dann gab es ja auch zwei, die Tristan und Isolde hießen ... zwei Isolden sogar. Es war schrecklich traurig, aber ich möchte so furchtbar gern auf diese Weise lieben! Tun alle jungen Männer und Frauen in der Welt so wie die beiden? Hier tun sie es nicht! Sie heiraten einfach ... sie scheinen gar keine Zeit zum Lieben zu haben. Aber ich bin Engländerin und würde nie einen Indianer heiraten – würden Sie? – Deshalb habe ich nie mein Jungfrauenfeuer angezündet. Einige von den jungen Männern quälen meinen Vater immer, daß er mich zwingen soll, es zu tun. Einer von ihnen ist Libash – ein großer Jäger. Und Mahkook kommt immer hierher und singt seine Lieder. Er ist verrückt! Wenn Sie heute abend nach Dunkelwerden in mein Zelt kommen wollen, werden Sie ihn in der Kälte stehen sehen und singen hören. Aber mein Vater sagt immer, ich soll tun, was ich will, und deshalb zünde ich mein Feuer nicht an. Sehen Sie ... wenn ein Mädchen sich entschlossen hat zu heiraten, zündet sie ein Feuer an, um es den jungen Männern auf diese Weise bekanntzugeben. Vierauge sagte immer, daß es eine schöne Sitte sei. Aber er selbst nahm sich keine Frau. Vielleicht nur, weil er zu alt war. Er hatte fast keine Haare mehr, aber ich finde doch nicht, daß er so furchtbar alt war. Und wie können Sie es denn wissen, wenn Sie von der richtigen Liebe erfaßt werden – so wie Paolo und Francesca, meine ich?«

Der klare Blick ihrer blauen Augen verwirrte Kid.

»Ja, man sagt ...« stotterte er »... sie sagen ... also diejenigen, die selbst lieben ... die sagen, daß Liebe mehr wert sei als das Leben. Wenn einer merkt, daß er – oder sie – einen andern lieber hat als sonst jemand in der ganzen Welt ... ja, dann weiß et, daß er liebt. So geht es ... aber es ist unendlich schwer zu erklären. Man weiß es einfach ... das ist alles!«

Sie starrte durch den beißenden Rauch des Lagerfeuers in den blauen Abend hinaus. Dann seufzte sie tief und wandte sich wieder dem Handschuh zu, an dem sie gerade nähte.

»Nun ja«, sagte sie in einem Ton, als ob sie einen endgültigen Entschluß faßte, »ich werde jedenfalls nie heiraten ... nie.«

»Wenn es uns je gelingt, aus dem Lager zu entkommen, werden wir die Beine ordentlich gebrauchen müssen«, sagte Kurz mißmutig.

»Ja ... die Gegend hier ist eine einzige Riesenfalle«, stimmte Kid ihm bei.

Von der Kuppe eines nackten Felsens blickten sie über das schneebedeckte Reich Snass' hinaus. Im Osten, Westen und Süden war es von hohen Zinnen und zackigen Ketten eingeschlossen. Gegen Norden schien das wellenförmige Gelände schier unendlich ... aber es war ihnen bekannt, daß auch in dieser Richtung ein Dutzend querlaufender Gebirgsketten alle Wege verriegelten.

»Zu dieser Jahreszeit könnte ich Ihnen drei Tage Vorsprung geben«, sagte Snass am selben Abend zu Kid. »Sie können Ihre Fährte gar nicht verstecken, wissen Sie? Anton flüchtete, als der Schnee geschmolzen war. Meine jungen Leute laufen ebenso schnell wie der schnellste Weiße ... außerdem würden Sie ja den Weg für sie festtreten. Und wenn der Schnee geschmolzen ist, werde ich schon dafür sorgen, daß Sie nicht die Chancen bekommen, die Anton seinerzeit hatte. Das Leben hier ist schön! Und die Erinnerung an die Welt schwindet sehr schnell. Ich habe mich nie von meinem Staunen erholt, daß es so leicht war, ohne diese Welt zu leben, die ihr die eure nennt.« –

»Was mir besondere Sorge macht, ist, daß wir Danny McCan mitnehmen müssen«, vertraute Kurz Kid an. »Er taugt nicht für große Fahrten. Aber er schwört alle möglichen heiligen Eide, daß er den Weg nach dem Westen kennt, und deshalb müssen wir ja einen Versuch mit ihm machen, Kid ... sonst wird dein Schicksal bald entschieden sein.«

»Soo? ...« sagte Kid. »Wir sitzen doch wohl im selben Boot.«

»O nein, durchaus nicht, mein Freund ... für dich birgt das Schicksal etwas ganz anderes im Busen.«

»Wieso?«

»Hast du die letzte Neuigkeit noch nicht gehört?«

Kid schüttelte den Kopf.

»Die Junggesellen haben es mir erzählt. Sie hatten es gerade erfahren. Heute abend geht's los ... obgleich es für die Geschichte eigentlich mehrere Monate zu früh ist.«

Kid zuckte die Achseln.

»Interessiert es dich nicht, das Nähere zu hören?«

»Ich warte ja darauf.«

»Gut ... Dannys Frau hat es den Junggesellen erzählt ...« Kurz machte eine Pause, um den Eindruck zu erhöhen. »Und die Junggesellen haben es natürlich wieder mir erzählt ... nämlich, daß heute abend das Jungfrauenfeuer angezündet werden soll. Das ist alles. Wie gefällt dir die Geschichte?«

»Ich verstehe nicht, was du meinst, Kurz.«

»Ach nee ... wirklich? Mir scheint es wahrhaftig einfach und klar genug! Es ist ein Mädel nach dir aus, und dies Mädel will ein Feuer anstecken, und das Mädel heißt Labiskwee! O ja, ich habe schon bemerkt, wie sie dich anguckt, wenn du es nicht siehst! Sie hat ja auch noch nie ein Feuer anzünden wollen. Sie sagte immer, daß sie keinen Indianer nehmen wollte –. Und wenn sie jetzt ihr Feuer anzündet, so ist es todsicher, daß es meinem armen, unglücklichen Freund Alaska-Kid gilt.«

»Das klingt ja ganz logisch«, sagte Kid. Aber das Herz wurde ihm sehr schwer, denn er entsann sich, wie seltsam Labiskwee in den letzten Tagen gewesen war.

»Ja, siehst du«, meinte Kurz, »so geht es uns immer ... sobald wir im Begriff sind, etwas Gutes auszuknobeln, kommt immer so ein verfluchtes Frauenzimmer und verdirbt uns die ganze Mahlzeit. Wir haben in dieser Beziehung ein verdammtes Pech ... Holla ... horch!«

Drei uralte Squaws waren grade zwischen dem Lager der Junggesellen und dem McCans stehengeblieben, und die älteste von ihnen hielt in schrillem Falsett einen Vortrag.

Kid verstand nur die Namen, aber nicht alle Worte, die Kurz ihm indessen mit wehmütiger Ironie übersetzte.

»Labiskwee, die Tochter Snass', des Herrn des Regens, des großen Häuptlings, zündet heute abend zum ersten Male ihr Jungfrauenfeuer an. Maka, die Tochter Owits, des gewaltigen Jägers ...«

Im ganzen wurden die Namen von fünf bis sechs jungen Mädchen genannt ... dann watschelten die drei Heroldinnen weiter nach dem nächsten Feuer, um ihre Botschaft dort zu verkünden.

Die Junggesellen, die im jugendlichen Übermut geschworen hatten, kein Mädchen je anreden zu wollen, bezeigten kein Interesse für die angekündigte Zeremonie. Um ihre Geringschätzung so deutlich wie möglich zum Ausdruck zu bringen, begannen sie sofort eine Expedition vorzubereiten, die Snass ihnen befohlen hatte, die aber freilich eigentlich erst am nächsten Tage stattfinden sollte. Der Häuptling war nämlich unzufrieden mit den Erklärungen, die die alten Jäger über die Wanderung der Rentiere gaben, weil er selbst der Ansicht war, daß die Herde sich geteilt hatte. Den Junggesellen war deshalb die Aufgabe gestellt worden, nach Norden und Westen vorzustoßen, um die zweite Abteilung der großen Herde dort zu suchen. Kid, der sich durch Labiskwees Feuer sehr beunruhigt fühlte, erklärte, die Junggesellen begleiten zu wollen. Vorher aber hatte er eine Unterredung mit Kurz und McCan.

»Am dritten Tage mußt du also da sein, Kid«, sagte Kurz. »Wir bringen die Ausrüstung und die Hunde mit.«

»Aber vergiß nicht«, warnte ihn Kid, »wenn wir uns aus irgendeinem Grunde nicht treffen sollten, dann geht ihr doch weiter, bis ihr den Yukon erreicht ... das ist ja selbstverständlich, denn wenn euch das gelingt, könnt ihr nächsten Sommer wiederkommen und mich holen. Und wenn es mir gelingt, zu entkommen, werde ich natürlich dasselbe tun und euch nächstes Jahr holen.«

McCan, der an seinem Feuer stand, zeigte mit dem Blick auf einen zackigen Berg drüben, wo die westliche Gebirgskette in die Ebene verlief.

»Da drüben ist es«, sagte er. »Ein schmaler Fluß auf der Südseite. Wir gehen den Strom hinauf. Am dritten Tage treffen Sie uns dann! Denn am dritten Tag überschreiten wir den Fluß. Wo Sie ihn auch erreichen, werden Sie entweder uns oder unsere Fährte treffen.«

Aber am dritten Tage fand Kid überhaupt gar keine Möglichkeit zu entfliehen. Die Junggesellen hatten die Richtung, in der sie zogen, geändert. Während Kurz und McCan mit ihren Hunden den Strom hinaufzogen, befanden sich Kid und die jungen Männer sechzig Meilen entfernt an einem Ort, wo sie der Fährte der Herde nordwärts folgten. Erst mehrere Tage später kamen sie an einem dunklen Abend im Schneegestöber in das große Lager zurück. Eine Indianerin, die an einem Feuer saß und klagte, sprang auf, als sie Kid sah, und lief auf ihn zu. Wild und böse blickend, verfluchte sie ihn, während sie mit den Armen auf eine stumme, pelzbekleidete Gestalt zeigte, die reglos auf einem Schlitten lag.

Kid konnte nur ahnen, was geschehen war, und als er das Feuer McCans erreichte, war er deshalb darauf vorbereitet, hier wiederum verflucht zu werden. Statt dessen sah er aber McCan gemütlich am Feuer sitzen und mit gutem Appetit einen großen Bissen Rentierfleisch verzehren.

»Ich bin keine Kampfnatur«, erklärte der Ire klagend. »Aber Kurz ist geflohen, wenn sie ihm auch noch auf den Fersen sind. Er wird sich schon kräftig schlagen ... aber sie werden ihn doch kriegen. Er hat ja keine Möglichkeit zu entkommen. Er hat übrigens zwei junge Indianer verwundet, aber die werden sich schon erholen. Einen hat er freilich gerade durch die Brust geschossen.«

»Ja, ich weiß schon«, sagte Kid. »Ich habe soeben seine Witwe gesehen.«

»Der alte Snass wünscht mit Ihnen zu sprechen«, fügte McCan hinzu. »Er hat schon Befehl gegeben: Sobald Sie zurück sind, sollen Sie gleich an sein Feuer kommen. Ich habe kein Wort von Ihnen gesagt! Sie wissen also von gar nichts! Vergessen Sie das nicht ... Kurz ist ganz von selbst mit mir davongelaufen.«

Am Feuer des Häuptlings traf Kid Labiskwee. Sie sah ihn mit Augen an, die von solcher Wärme und Liebe leuchteten, daß ihm angst und bange wurde.

»Ich bin so glücklich, daß Sie nicht auch fortgelaufen sind«, sagte sie. »Sie sehen ja, daß ich ...« sie zögerte einen Augenblick, schlug aber die Augen nicht nieder ... es funkelte in ihnen ein Licht, das nicht mißzuverstehen war ... »Ich habe mein Feuer angezündet ... und natürlich für Sie. Es ist geschehen ... ich habe Sie mehr liebgewonnen als sonst jemand in der Welt ... lieber als meinen Vater, lieber als tausend Männer wie Libash oder Mahkook. Ich liebe ... es ist sehr seltsam ... ich liebe, wie Francesca geliebt hat, wie Isolde es getan. Der alte Vierauge hat die Wahrheit gesprochen! Auf diese Weise können Indianer nicht lieben. Aber meine Augen sind blau, meine Haut ist weiß ... Wir sind beide weiß, Sie und ich ...«

Zum erstenmal in seinem Leben war Kid Gegenstand einer Werbung, und er wußte deshalb nicht, wie er sich benehmen sollte. Ja, schlimmer noch ... es war keine Werbung im üblichen Sinne, denn die Werbung ging davon aus, daß er mit ihr einig war. So sicher fühlte Labiskwee sich seiner Gegenliebe, so warm und weich war das Licht in ihren Augen, daß er sich nur wunderte, daß sie nicht ihre Arme um seinen Hals schlang und ihren süßen Kopf an seine Brust lehnte. Da wurde ihm klar, daß sie – trotz der keuschen Freimütigkeit ihrer Gefühle – noch nichts von den zarten Mitteln der Liebe wußte. Unter den primitiven Indianern kennt man dergleichen ja nicht. Sie hatte keine Möglichkeit gehabt, sie kennenzulernen.

Sie plauderte weiter, und jedes Wort, das sie sagte, verriet, wie glücklich ihre Liebe sie machte, während Kid mit sich kämpfte, um einen Weg zu finden, sie durch die Wahrheit zu verwunden, in der Hoffnung, sie dadurch abzukühlen. Nur jetzt hatte er Gelegenheit, der unerquicklichen Lage ein für allemal ein Ende zu machen.

»Aber hören Sie doch, bitte, Labiskwee«, begann er. »Sind Sie denn auch sicher, daß Vierauge Ihnen die Geschichte von Paolo und Francesca zu Ende erzählt hat?«

Sie schlug begeistert die Hände zusammen und lachte in einem wahren Rausch unschuldiger Freude. »Oh!« rief sie. »Die Geschichte geht also weiter! Ich wußte ja, daß es mehr und immer mehr Liebe geben mußte! Ich habe so viel darüber nachgedacht, seit ich selbst zu lieben begann ... Ich habe ...«

Aber in diesem Augenblick trat Snass aus der Dunkelheit und den fallenden Schneeflocken in den hellen Lichtkreis des Feuers, und Kid wußte, daß er die einzige Gelegenheit verpaßt hatte.

»Guten Abend«, knurrte Snass barsch. »Ihr Kamerad hat eine nette Verwirrung hier angerichtet. Es freut mich, daß Sie wenigstens vernünftiger gewesen sind.«

»Erzählen Sie mir bitte zuerst, was geschehen ist«, bat Kid.

Das Blitzen der weißen Zähne in dem grauen Bart machte einen unheimlichen Eindruck auf Kid.

»Natürlich kann ich Ihnen die Sache gern erst erzählen. Ihr Freund hat einen meiner Leute getötet. Diese schleimige Memme, der McCan, floh beim ersten Schuß. Er wird nie wieder den Versuch machen, wegzulaufen. Aber meine Jäger haben Ihren Freund in den Bergen eingeschlossen und werden ihn schon kriegen. Er wird nie den Yukon erreichen! Und was Sie betrifft, so wird es am besten sein, wenn Sie künftig an meinem Feuer schlafen. Es gibt auch kein Herumstrolchen mit den jungen Männern mehr. Ich werde schon aufpassen.«

Kids Lage war sehr schwierig geworden, seit er sich immer am Feuer Snass' aufhalten mußte. Er sah Labiskwee jetzt öfter als je. Eben weil ihre Liebe so süß und keusch war, brachte ihr Freimut ihn in unbeschreiblich heikle Situationen. All ihre Blicke waren Blicke der Liebe; sooft sie ihn ansah, war es wie eine Liebkosung. Immer wieder entschloß er sich, ihr von Joy Gastell zu erzählen, und immer wieder mußte er feststellen, daß er ein moralischer Feigling war. Das Furchtbarste dabei war, daß Labiskwee so unendlich bezaubernd war. Es war eine Freude, sie anzusehen. Obgleich seine Selbstachtung sich krümmte, sobald er mit ihr zusammen war, freute er sich doch über jede Minute, die er mit ihr verbrachte. Zum erstenmal in seinem Leben lernte er eine Frau richtig kennen, und so klar und hell war Labiskwees Seele, so rührend und verführerisch in ihrer Unschuld und Unwissenheit, daß er in ihr wie in einem Buche lesen konnte. Die ganze Güte des Weibes, die seit uralten Zeiten in der Seele der Frau lebt, war auch in ihr unberührt geblieben von der Kenntnis der Anforderungen der Konvention und von dem Betrug der Notwehr, die so oft die Frauen zivilisierter Völker verdirbt und entartet. In seinem Gedächtnis ging er wieder den Gedanken Schopenhauers nach und erkannte hinter allen Sophismen, daß dieser schwermütige Philosoph sich in allen Punkten irrte. Die Frau kennenzulernen, wie er Labiskwee kennenlernte, war gleichbedeutend mit der Erkenntnis, daß alle Weiberfeinde nur kranke Menschen waren.

Labiskwee war einfach wundervoll, und doch brannte neben ihrem Gesicht, das er täglich in der Wirklichkeit sah, das traumhafte Bild Joy Gastells. Joy konnte sich beherrschen, sie konnte ihre Gefühle zurückhalten, sie besaß alle Hemmungen, die unsere Zivilisation von Frauen verlangt. Und doch war seine Phantasie und die lebendige Kraft der Frau, die neben ihm saß, so seltsam, daß Joy Gastell ihm von derselben Güte wie Labiskwee erschien. Die eine erhöhte nur den Wert der andern, und der Wert aller Frauen der Welt stieg in den Augen Kids durch alles, was er in der wunderbaren Seele Labiskwees abends am Feuer Snass' im Schneelande las.

Und Kid lernte auch vieles über sich selbst. Er gedachte aller Erlebnisse, die er mit Joy Gastell gehabt hatte, und erkannte, daß er sie liebte. Und dennoch war er von Labiskwee entzückt. Und war dies Entzücken denn etwas anderes als Liebe? Er konnte seinen Zustand mit keinem geringeren Wort bezeichnen. Es war Liebe! Es mußte Liebe sein! Und er wurde bis in die Wurzel seines Wesens erschüttert, als er diesen polygamen Zug bei sich feststellte. In den Ateliers von San Franzisko hatte er öfters behaupten hören, daß ein Mann zwei Frauen gleichzeitig lieben könnte. Damals hatte er es nicht für möglich gehalten ... und wie hätte er es auch glauben sollen, solange er selbst keine Erfahrung auf diesem Gebiet gemacht hatte? Jetzt lag die Sache natürlich ganz anders. Er wußte jetzt, daß er tatsächlich zwei Frauen gleichzeitig liebte, ehrlich und aufrichtig liebte. Und wenn er auch vielleicht meistens überzeugt war, daß seine Liebe zu Joy Gastell die tiefere war, gab es doch auch sehr viele Stunden, in denen er mit derselben unerschütterlichen Sicherheit wußte, daß seine Liebe zu Labiskwee doch noch größer war.

»Es muß sehr viele Frauen in der Welt geben«, sagte sie eines Tages in ihrer naiven Art. »Und Frauen haben die Männer gern. Viele Frauen müssen auch Sie geliebt haben. Erzählen Sie mir doch bitte von ihnen.«

Er gab keine Antwort.

»Erzählen Sie mir doch«, bat sie eindringlich. »Ist es denn nicht so?«

»Ich bin nie verheiratet gewesen«, sagte er mit einem Versuch, die Frage zu umgehen.

»Und sonst haben Sie nie geliebt? Gibt es keine andere Isolde in eurer Welt hinter unsern Bergen?«

In diesem Augenblick erkannte Kid mit Bitterkeit, daß er ein Feigling war. Denn er log. Er tat es widerstrebend, aber er tat es. Er schüttelte den Kopf und lächelte dabei langsam und nachsichtig. Und es war mehr Liebe in seinen Augen, als er selbst ahnte, auch in dem Augenblick, als er merkte, wie eine unbeschreibliche Freude das Gesicht Labiskwees verklärte.

Er versuchte, sich vor sich selbst zu entschuldigen. Er wußte aber selbst sehr gut, daß seine Gründe überaus spitzfindig waren. Anderseits war er doch nicht Spartaner genug, um ihr kindlich-frauliches Herz tödlich verwunden zu können.

Auch Snass tat das Seinige, um das Problem noch verwickelter zu machen.

»Kein Mann sieht seine Tochter gern verheiratet«, sagte er zu Kid. »Am allerwenigsten, wenn er ein wenig Phantasie besitzt. Es tut weh ... selbst der Gedanke daran tut einem einfach weh! Und doch gehört es ja zur Ordnung der Natur. Und auch Margaret muß einmal heiraten. – Ich bin ein harter und grausamer Mann, das weiß ich«, erklärte er weiter. »Aber Gesetz ist Gesetz, und ich bin gerecht. Ja ... für dieses Volk bin ich sogar das Gesetz und die Gerechtigkeit selbst ...«

Kid erfuhr nie, wohin er eigentlich mit seinen Worten zielte, denn sie wurden von einem lauten Schimpfen unterbrochen, das durch das silberne Lachen Labiskwees abgelöst wurde. Ein schmerzlicher Zug ging über Snass' Gesicht.

»Ich werde es ertragen müssen«, murmelte er grimmig. »Margaret muß heiraten ... und es ist mein Glück ... und auch das Ihre, daß Sie bei uns sind.«

Dann kam Labiskwee aus dem Zelt und setzte sich mit einem Wolfsjungen in den Armen ans Feuer. Wie von einem Magnet angezogen, starrten ihre Augen den Mann an, den sie liebte. Und ihre blauen Augen leuchteten von dieser Liebe, die keine Unnatur sie zu verbergen gelehrt hatte.

»Hören Sie, was ich Ihnen sage«, predigte McCan. »Der Frühling ist gekommen, und es beginnt schon zu tauen. Auf dem Schnee wird sich bald eine harte Kruste bilden. Jetzt würde die richtige Zeit zum Wandern sein, wären nicht die Frühlingsstürme im Gebirge ... ich kenne sie. Ich würde mit einem schwächeren Mann als Sie eine solche Wanderung nicht unternehmen.«

»Aber Sie können ja selbst nicht laufen«, widersprach Kid. »Sie können überhaupt nie mit einem Schritt halten. Ihr Rückgrat ist schlapp wie gekochtes Mark. Wenn ich gehen will, gehe ich allein. Aber die Welt verdorrt allmählich, und es ist sehr wohl möglich, daß ich nie von hier wegkommen werde. Rentierfleisch schmeckt sehr gut ... und bald kommt der Sommer und mit ihm der Lachs.«

Snass sagte: »Ihr Freund ist tot. Aber meine Jäger haben ihn nicht getötet ... sie fanden seinen Leichnam steifgefroren in den ersten Frühlingsstürmen im Gebirge. Keiner kann von hier entkommen. Wann werden wir die Hochzeit feiern?«

Und Labiskwee sagte: »Ich beobachte dich. Es regt sich Sehnsucht in deinen Augen, in deinem Gesicht. Oh, ich kenne jede Bewegung, jeden Ausdruck deines Gesichtes. Du hast eine kleine Narbe am Halse, gerade unter dem rechten Ohr. Wenn du glücklich bist, ziehen sich deine Mundwinkel nach oben, wenn du an etwas Trauriges denkst, nach unten. Wenn du lächelst, hast du drei oder vier Runzeln in deinen Augenwinkeln. Wenn du aber lachst, sind es sechs! Zuweilen habe ich sogar sieben gezählt. Aber jetzt kann ich sie nicht mehr zählen! Ich habe nie Bücher lesen gelernt. Ich weiß nicht, wie man liest. Aber Vierauge hat mich vieles gelehrt. Ich kann sehr gut Grammatik, die hat er mich gelehrt. Und in seinen Augen lernte ich die Sehnsucht nach der Welt lesen. Ihn hungerte sehr oft nach der Welt! Und doch ist das Fleisch hier gut, und es gab Fisch in Hülle und Fülle, und Beeren und Wurzeln und oft genug Mehl, das wir für die Felle bekommen, die die Leute am Porcupine und am Luskwa für uns verkaufen ... aber ihn hungerte nach der Welt selbst und nach ihrem Leben. Ist denn die Welt so wunderbar, daß auch du dich nach ihr sehnst? Vierauge besaß nichts. Aber du ... du hast ja mich ...«

Sie seufzte und schüttelte den Kopf.

»Als Vierauge starb, war er noch voller Hunger nach der Welt. Und wenn du immer hier leben müßtest, würde dich dann nicht auch nach der Welt hungern, bis du stürbest? Ich fürchte, daß ich die Welt nicht kenne. Möchtest du denn so gerne fliehen, um diese Welt, nach der du hungerst, wiederzusehen?«

Kid konnte nicht sprechen, aber aus seinen Mundwinkeln las sie, was er dachte und empfand. Und das überzeugte sie.

Minuten vergingen schweigend, in denen sie furchtbar mit sich kämpfte, während Kid der unerwarteten Schwäche fluchte, die es ihm unmöglich machte, seinen Hunger nach der früheren Welt zu verhehlen, ihn aber zwang, ihr die Wahrheit von der andern Frau zu verschweigen.

Wieder seufzte Labiskwee.

»Gut, mein Freund ... ich liebe dich mehr, als ich den Zorn meines Vaters fürchte, und doch ist er gefährlicher in seinem Zorn als die Stürme in den Bergen. Du hast mir erzählt, was Liebe ist. Und dies ist eine Probe meiner Liebe. Ich werde dir helfen, in deine frühere Welt zurückzukehren.«

Leise und vorsichtig wurde Kid geweckt. Warme, kleine Finger strichen sanft über seine Wange und legten sich weich auf seine Lippen. Dann merkte er, wie Pelzwerk, das die Kälte draußen mit eisigem Reif bedeckt hatte, seine Haut kitzelte. Und ein einziges Wort wurde in sein Ohr geflüstert:

»Komm.«

Er erhob sich vorsichtig und lauschte. Die vielen hundert Wolfshunde des Lagers hatten ihren Nachtgesang angestimmt, aber trotz diesem gewaltigen Geheul konnte er ganz dicht neben sich Snass leicht und regelmäßig atmen hören.

Leise zupfte Labiskwee ihn am Ärmel, und er verstand, daß er ihr folgen sollte. Er nahm seine Mokassins und die wollenen Strümpfe in die Hand und kroch, noch in den Schlafmokassins, in den Schnee hinaus. Auf der andern Seite des Lagerfeuers, dessen Glut noch nicht ganz erloschen war, bedeutete sie ihm durch Zeichen, daß er seine Wandermokassins anziehen sollte. Und während er ihrem Wunsche nachkam, schlüpfte sie noch einmal in das Zelt, in dem Snass schlief.

Als Kid mit der Hand auf seiner Uhr nach der Zeit fühlte, stellte er fest, daß es ein Uhr nachts war. Es war schon ganz warm, fand er, höchstens zehn Grad unter Null. Labiskwee kam wieder zu ihm und führte ihn durch die dunklen Wege des schlafenden Lagers. Obgleich sie vorsichtig und leise gingen, knisterte der Schnee doch klirrend unter ihren Mokassins, aber das Geräusch ertrank in dem stürmischen Geheul der Hunde.

»Jetzt können wir endlich reden«, sagte sie, als das letzte Feuer des Lagers eine halbe Meile hinter ihnen lag. Im hellen Sternenlicht standen sie Angesicht zu Angesicht da. Jetzt erst sah Kid, daß sie eine schwere Last in ihren Armen trug. Und als er nachfühlte, stellte er fest, daß sie seine Schneeschuhe, einen Stutzen, zwei Patronengürtel und seinen Schlafsack mitgenommen hatte.

»Es ist alles da«, sagte sie und lachte glücklich. »Ich habe zwei Tage gebraucht, um das Versteck einzurichten. Wir haben Fleisch, ein bißchen Mehl, Streichhölzer und Indianerschneeschuhe, die für die harte Kruste am besten sind; selbst wenn sie zerbrechen, hält das Netzwerk doch. Oh, ich kann schon Schneeschuh laufen, und wir werden schnell gehen können, mein Geliebter.«

Kid bezwang seine Zunge ... Daß sie diese Flucht vorbereitet hatte, war ihm schon eine große Überraschung, daß sie ihn aber selbst begleiten wollte, war mehr, als er gedacht hatte. Außerstande, sofort einen Entschluß zu fassen, nahm er ihr freundlich ein Bündel nach dem andern ab. Dann legte er seinen Arm um sie und preßte sie eng an sich, wußte aber immer noch nicht, was er tun sollte.

»Gott ist so gut«, flüsterte sie. »Er hat mir einen Mann geschickt, der mich liebt.«

Kid war doch anständig genug, ihr nicht vorzuschlagen, daß er allein gehen sollte. Und bevor er zu reden begann, fühlte er, wie alle seine Erinnerungen an die glückliche Welt und die Länder der Sonne dahinschwanden und welkten.

»Wir werden umkehren, Labiskwee«, sagte er. »Du sollst meine Frau sein, und wir werden immer bei dem Volk der Rentiere leben.«

»Nein ... nein« – sie schüttelte den Kopf. Und selbst ihr Körper, den er umfaßt hielt, sträubte sich gegen seinen Vorschlag. »Ich weiß zu gut Bescheid. Ich habe zuviel darüber nachgedacht. Dich würde ja doch der Hunger nach der Welt packen, und in den langen Nächten würde er dein Herz ganz verzehren. Vierauge starb vor Sehnsucht nach der Welt. So würdest auch du sterben! Und ich will nicht, daß du stirbst. Wir werden den Schnee der Berge durchwandern, bis wir nach dem Süden gelangt sind.«

»Höre, Geliebte«, bat er. »Laß uns umkehren.«

Sie legte ihren Handschuh leise gegen seine Lippen, um zu verhindern, daß er weitersprach.

»Du liebst mich ... sag, daß du mich liebst.«

»Ich liebe dich, Labiskwee. Du bist meine wunderbare, süße Geliebte.«

Wieder hinderte der sanfte Druck des Handschuhs ihn am Weitersprechen. »Laß uns nach dem Versteck gehen«, sagte sie entschlossen. »Es liegt drei Meilen von hier.«

Er hielt sie zurück, und so stark sie auch an seinen Armen zerrte, konnte sie ihn doch nicht von der Stelle bringen. Er fühlte sich fast versucht, ihr von der andern Frau fern im Süden zu erzählen, die er liebte.

»Es würde ein furchtbares Unrecht gegen dich sein, wenn wir umkehren sollten«, sagte sie. »Ich bin ... ich bin nur ein kleines wildes Mädchen, und ich habe Angst vor der Welt, aber noch mehr fürchte ich für dich. Du siehst, es ist alles ganz, wie du mir erzählt hast. Ich liebe dich mehr als sonst etwas in dieser Welt. Ich liebe dich viel mehr als mich selbst. Alle Gedanken in meinem Herzen leuchten nur für dich, so hell und so zahlreich wie die Sterne am Himmel ... und es gibt keine Sprache, die reich genug für sie wäre. Wie sollte ich sie dir alle sagen können ... Sie sind nur da ... fühlst du?«

Und während sie sprach, zog sie ihm den Fäustling von der Hand und führte sie unter ihre warme Parka, bis sie auf ihrem Herzen ruhte. Fest preßte sie seine Hand an sich. Und während sie beide schwiegen, spürte er das Klopfen des Herzens, das Klopfen ihres heißen Herzens ... und verstand, daß jeder Schlag, den es schlug, nur von Liebe, immer nur von Liebe sprach. Dann begann ihr Körper – erst ganz langsam, fast unmerkbar – sich von dem seinen zurückzuziehen, und während sie immer noch seine Hand an ihre Brust drückte, begann sie, nach dem Versteck zu gehen. Er vermochte ihr nicht mehr zu widerstehen. Ihm war, als zöge ihn ihr Herz ... ihr klopfendes Herz, das so nahe an seiner Hand pochte.

Die Eiskruste, die sich nach dem Auftauen gebildet hatte, war so fest, daß sie auf ihren Schneeschuhen sehr schnell vorwärts kamen.

»Hier zwischen den Bäumen ist das Versteck«, erzählte Labiskwee Kid.

Im nächsten Augenblick faßte sie seinen Arm mit einem Ausruf des Erstaunens. Die Flammen eines kleinen Feuers tanzten lustig zwischen den Bäumen hin und her ... und am Feuer hockte kein anderer als McCan. Labiskwee murmelte einige indianische Worte, und das plötzliche Aufblitzen ihrer Augen erinnerte unwillkürlich daran, daß Vierauge sie »Cheetah« genannt hatte.

»Ich habe mir ja schon gedacht, daß Sie ohne mich weglaufen würden«, erklärte McCan, als sie ihn erreichten, und seine kleinen stechenden Augen funkelten listig. »Deshalb behielt ich Ihr Mädel im Auge, und als ich sah, daß sie Schneeschuhe und Lebensmittel verbarg, wußte ich ja, woran ich war. Ich habe meine eigenen Schneeschuhe und Lebensmittel mitgebracht. Das Feuer? Ach wo, das ist ganz ungefährlich. Das ganze Lager schnarcht, und das Warten hier war so verdammt kalt. Wollen wir jetzt losgehen?«

Labiskwee sah Kid mit einem schnellen, erschrockenen Blick an, aber ebenso schnell hatte sie sich ein Urteil gebildet und sprach. Und als sie sprach, zeigte sie, daß sie in Sachen der Liebe freilich noch ein Kind war, aber in allen anderen Angelegenheiten des Lebens die Fähigkeit, schnelle Entschlüsse zu fassen, besaß, und die Kaltblütigkeit, die es ihr ermöglichte, auf eigenen Füßen zu stehen.

»McCan, du bist ein Köter«, fauchte sie, und ihre Augen sprühten wilde Wut. »Ich weiß, daß du die Absicht hast, das Lager zu alarmieren, wenn wir dich nicht mitnehmen. Gut, wir sind also gezwungen, dich mitzunehmen. Aber du kennst meinen Vater. Ich bin von derselben Art wie er. Du wirst deinen Anteil an der Arbeit leisten müssen. Und wenn du uns auch nur einen einzigen schmutzigen Streich zu spielen versuchst, dann würde es besser für dich sein, wenn du nie geflohen wärest.«

Als es Tag wurde, hatten sie den Gürtel von niedrigen Hügeln erreicht, der zwischen dem wellenförmigen Gelände und den großen Bergen lag. McCan schlug vor, daß sie frühstücken sollten, aber sie gingen weiter. Erst als die Nachmittagswärme die Schneekruste erweichte und dadurch das Wandern erschwerte, machten sie halt, um zu essen.

Labiskwee erklärte Kid, was sie von dem Gelände wußte, und sagte ihm auch, wie sie sich gedacht hatte, die Verfolger hinters Licht zu führen. Es gab nur zwei richtige Wege, einen westlichen und einen südlichen. Snass würde unverzüglich Abteilungen von jungen Kriegern aussenden, die beide Wege beobachten sollten. Aber außerdem gab es noch einen dritten Weg nach Süden. Freilich führte er nur halbwegs bis zu den Bergen, dann schwenkte er plötzlich nach Westen ab, überquerte drei Wasserscheiden und vereinigte sich schließlich mit dem gewöhnlich gebrauchten westlichen Wege. Wenn die Indianer keine Fährte auf dem normalen Wege nach Süden fanden, kehrten sie wahrscheinlich um, in der Annahme, daß die Flüchtlinge den westlichen Weg eingeschlagen hätten, auf keinen Fall aber würden sie darauf kommen, daß sie den weiten Umweg vorgezogen hatten.

Während sie noch sprachen, warf Labiskwee einen Blick auf McCan, der als letzter ging, und flüsterte Kid zu: »Er ißt. Das ist kein gutes Zeichen.«

Kid beobachtete ihn. Der Ire ging und kaute tatsächlich vorsichtig an einem Klumpen Rentiertalg, den er aus seiner Tasche gezogen hatte.

»Zwischen den Mahlzeiten wird nicht gegessen, McCan«, befahl er. »Es gibt kein Wild in dem Gebiet, das vor uns liegt, und wir müssen von Anfang an die Lebensmittel in gleich große Rationen einteilen.«

Um ein Uhr war die Kruste so aufgeweicht, daß die Schneeschuhe durchbrachen. Da schlugen sie ihr Lager auf, und die erste Mahlzeit wurde eingenommen. Dann nahm Kid eine Schätzung des Proviantbestandes vor. McCans Bündel war eine Enttäuschung. Er hatte so viele Silberfuchsfelle in seinen Proviantsack gestopft, daß nur wenig Platz für Lebensmittel geblieben war.

»Ja ... aber ich habe wirklich keine Ahnung gehabt, daß so viele darin waren«, erklärte er. »Ich machte es zurecht, als es noch ganz dunkel war. Aber sie werden viele schöne Dollar geben. Und mit der Menge Munition, die wir mitführen, können wir ja Wild in Hülle und Fülle schießen.«

»Die Wölfe werden dich in Hülle und Fülle fressen«, war das einzige, was Kid in seiner Hilflosigkeit zu sagen wußte. Labiskwees Augen blitzten vor Zorn.

Sie hatten für einen Monat Proviant – wie Kid und Labiskwee feststellten –, aber freilich nur, wenn sie sehr haushälterisch wirtschafteten und ihren Hunger nie völlig stillten. Kid bestimmte Größe und Gewicht der einzelnen Bündel, nachdem er schließlich Labiskwees dringendem Wunsch, auch einen Teil des Gepäcks zu tragen, hatte nachgeben müssen.

Am nächsten Tage erreichten sie eine Stelle, wo das Flußbett sich zu einem großen Gebirgstal erweiterte, und sie begannen schon durch die Eiskruste zu brechen, als sie zu ihrem Glück die härtere Oberfläche auf dem Hang der Wasserscheide erreichten.

»Zehn Minuten später – und wir wären nicht mehr herübergekommen«, sagte Kid, als sie auf halber Höhe eine Atempause machten.

»Wir müssen hier schon tausend Fuß höher sein.« Wortlos wies Labiskwee auf eine offene Niederung zwischen den Bäumen hinab. Mitten darin sahen sie in einer Reihe nebeneinander fünf kleine schwarze Punkte, die sich kaum vorwärts zu bewegen schienen.

»Die jungen Männer«, sagte Labiskwee.

»Sie stecken bis zu den Hüften im Schneewasser«, meinte Kid. »Heute werden sie kaum noch festen Boden unter die Füße bekommen. Wir sind ihnen also um mehrere Stunden voraus. Komm jetzt, McCan! Nimm dich zusammen, zum Teufel. Wir essen nicht, ehe wir so müde sind, daß wir nicht weiterkönnen.«

McCan murrte, aber er hatte keinen Rentiertalg mehr in der Tasche, und verdrießlich schloß er sich deshalb als letzter den andern an.

In dem höher gelegenen Tal, in dem sie sich jetzt befanden, begann die Kruste erst nach drei Uhr nachmittags zu bersten, und um diese Zeit hatten sie den Schatten eines Berges erreicht, wo die harte Schneeschicht schon wieder zu gefrieren begann. Sie machten nur ein einziges Mal halt, um den Talg herauszuholen, den sie McCan weggenommen hatten, und den sie im Weiterwandern verzehren konnten. Das Fleisch war ja ganz steifgefroren und nur genießbar, wenn man es am Feuer aufgetaut hatte. Aber der Talg zerging ihnen im Munde und stärkte immerhin etwas den Magen, der sonst von einem zitternden Schwächegefühl gequält wurde.

Nach einer langen Dämmerung trat gegen neun Uhr die Dunkelheit ein, die noch dadurch stärker wurde, daß der Himmel von Wolken überzogen war. Sie schlugen deshalb ihr Lager mitten in einem Hain von Zwergkiefern auf. McCan war vollkommen hilflos und wimmerte fortwährend. Die Wanderung des Tages war sehr ermüdend gewesen, und er hatte seinen Zustand noch dadurch verschlimmert, daß er – trotz neunjähriger Erfahrung in den arktischen Gebieten – Schnee gegessen hatte, so daß sein versengter Mund ihm furchtbare Schmerzen bereitete.

Labiskwee war unermüdlich, und Kid wunderte sich unwillkürlich über die ungeheure Lebenskraft ihres Körpers und die Ausdauer ihrer Seele und ihrer Muskeln. Ihre gute Laune war auch keinesfalls gekünstelt oder gewollt. Sie hatte stets ein Lächeln oder ein Lachen für ihn bereit, und so oft ihre Hand die seine berührte, zögerte sie einen Augenblick in einer Liebkosung.

Im Laufe der Nacht begann es zu wehen und zu regnen, und den ganzen Tag lang bahnten sie sich blindlings den Weg, ohne zu merken, daß sie die Biegung des Weges, der an einem schmalen Fluß entlang westwärts führte und eine Wasserscheide überquerte, übersehen hatten. Dann wanderten sie noch zwei Tage weiter, überschritten andere Wasserscheiden, aber nicht die richtigen, und in diesen zwei Tagen ließen sie den Frühling hinter sich und stiegen wieder in das Gebiet des eisigen Winters empor.

»Die jungen Männer haben unsere Fährte verloren ... wir können uns doch einen Tag ausruhen«, bettelte McCan.

Aber es wurde keine Ruhepause bewilligt. Kid und Labiskwee erkannten die Gefahren, die ihnen drohten. Sie hatten sich im Hochgebirge verirrt und sahen weder Wild noch irgendwelche Anzeichen davon. Tag für Tag kämpften sie sich durch das schwierigste Gelände vorwärts, das sie in verschlungene Schluchten und Täler hineinzwängte. Wenn sie einmal in einen solchen Canjon hineingerieten, waren sie gezwungen, ihm zu folgen, gleichgültig in welche Richtung er führte, denn die vereisten Felsen und die noch höheren und schrofferen Hänge zu beiden Seiten ließen sich nicht übersteigen. Die furchtbare Ermüdung und die unaufhörliche Kälte zermürbten ihre Energie, und dennoch setzten sie die Rationen, die sie sich täglich bewilligten, noch weiter herab.

Eines Nachts wurde Kid durch das Geräusch eines Kampfes geweckt. Er vernahm deutlich Stöhnen und Ächzen von der Stelle, wo McCan lag und schlief. Er schürte das Feuer, bis es hell aufloderte, und sah bei seinem Schein Labiskwee, die über den Iren gebeugt stand und die eine Hand um seine Kehle preßte, während sie mit der andern einen Bissen zum Teil schon gekauten Fleisches aus seinem Munde riß. In dem Augenblick, als Kid hinsah, führte sie schnell die eine Hand nach der Hüfte und zog ihr Messer so schnell aus der Scheide, daß es blitzte.

»Labiskwee!« rief Kid, und seine Stimme klang herrisch.

Ihre Hand zauderte.

»Tue es nicht«, sagte er und trat zu ihr.

Sie zitterte vor Wut, steckte aber doch das Messer nach kurzem Zögern langsam wieder in die Scheide. Als ob sie fürchtete, sich nicht länger beherrschen zu können, ging sie schnell zum Feuer und schürte es. McCan erhob sich jammernd und schimpfend, und halb wütend, halb verängstigt begann er eine unverständliche Entschuldigung zu stottern.

»Wo hast du das da her ...?« fragte Kid.

»Untersuche seine Kleider«, rief Labiskwee.

Es waren die ersten Worte, die sie sprach, und ihre Stimme bebte noch vor Zorn.

McCan versuchte Widerstand zu leisten, aber Kid hielt ihn mit harter Hand fest und untersuchte ihn vom Scheitel bis zur Sohle. Er fand auch in der Armhöhle ein Stück Rentierfleisch, das die Körperwärme schon aufgetaut hatte. Ein kurzer Ausruf Labiskwees erregte Kids Aufmerksamkeit. Sie war zu McCans Bündel hingesprungen und öffnete es jetzt. Statt Lebensmittel fand sie nur Moos, Fichtennadeln, Späne ... allerlei leichten Abfall, den er statt des Fleisches in das Bündel gepackt hatte, damit es wohl dieselbe Größe, aber nicht dasselbe Gewicht hatte.

Wieder fuhr die Hand Labiskwees an ihre Hüfte, und sie stürzte sich auf den Verbrecher, wurde jedoch von Kids Arm zurückgehalten. Erst da ergab sie sich seinem Willen, während sie noch vor zwecklosem Zorn schluchzte.

»Oh, Geliebter, glaub' mir, es ist nicht des Proviants wegen«, ächzte sie, »sondern weil es dein Leben gilt. Dieser Köter! Er verzehrt dein Leben, wenn er uns bestiehlt ... er frißt dich auf.«

»Wir werden schon weiterleben«, beruhigte Kid sie. »Von jetzt an kann er das Mehl tragen. Das kann er jedenfalls nicht roh essen ... und wenn er es doch tun sollte, würde das Selbstmord für ihn bedeuten, denn er fräße dann nicht nur mein Leben, sondern auch deines.« Er drückte sie fester an sich. »Geliebte, Töten ist Männerarbeit ... Frauen dürfen es nicht.«

»Würdest du mich denn nicht mehr lieben, wenn ich den räudigen Köter töten würde?« fragte sie überrascht.

»Nicht mehr so wie jetzt«, antwortete Kid verlegen.

Sie seufzte.

»Nun gut«, sagte sie, »dann werde ich es nicht tun.«

Die jungen Männer setzten ihre Verfolgung unbarmherzig fort. Teils durch merkwürdige Zufälle, teils durch Berechnung, welchen Weg die Flüchtlinge einschlagen mußten, gelang es den Verfolgern wirklich, die Fährte zu finden, die das Schneegestöber inzwischen verhüllt hatte; und folgten ihr unverdrossen.

Wenn Schneesturm herrschte, machten Kid und Labiskwee die unwahrscheinlichsten Umwege, um sie irrezuleiten –, bogen nach Osten ab, wenn der bessere Weg süd- oder westwärts ging, oder ließen eine niedrige Wasserscheide links liegen, um eine höhere zu erklimmen. Da sie sich nun doch einmal verirrt hatten, spielte ein Umweg keine Rolle mehr. Und doch gelang es ihnen nicht, die Verfolger abzuschütteln. Zuweilen gewannen sie einen Vorsprung von einigen Tagen, aber immer wieder tauchten die jungen Männer auf.

Kid konnte die Tage nicht mehr zählen. Er kannte sich nicht mehr aus mit Tagen und Nächten, mit Stürmen und Lagern. Das Ganze war wie ein ungeheurer, wahnsinniger Fiebertraum von Leiden, Qualen und Anstrengungen, durch die Labiskwee und er sich vorwärtskämpften ... während McCan irgendwie und irgendwo hinter ihnen herstolperte. Sie flohen schwarze Canjons hinab, deren Wände so schroff waren, daß die Felsen trotz der Kälte schneefrei waren. Sie wateten durch vereiste Täler, wo gefrorene Seen tief unter der Schneekruste lagen, auf der sie wanderten. Hoch über der Baumgrenze lagerten sie, ohne Feuer machen zu können, so daß sie das Fleisch nur durch die Wärme ihrer Körper auftauen und genießbar machen konnten. Und doch verlor Labiskwee keinen Augenblick ihre gute Laune –, höchstens, wenn sie McCan sah. Und ihre Liebe zu Kid blieb immer gleich beredt und unstillbar.

Wie eine Tigerin überwachte sie die Verteilung der mageren Rationen, und Kid konnte merken, daß sie seinetwegen McCan um jeden Bissen, den er in den Mund steckte, grollte. Einmal verteilte sie die Rationen. Das erste, was Kid hörte, waren wilde Widersprüche seitens McCans – sie hatte nicht nur ihm, sondern auch sich selbst kleine Rationen gegeben, damit Kid um so mehr erhielt. Von diesem Tage an nahm Kid selbst die Verteilung vor.

Eines Nachts hatte es geschneit, und am nächsten Morgen gerieten sie in eine Lawine, die sie viele hundert Meter weit den Berg hinabschleuderte. Halb erstickt, aber unverletzt tauchten sie wieder auf ... nur McCan hatte sein Bündel mit dem gesamten Mehlvorrat verloren. Eine zweite, noch größere Lawine begrub es vollkommen, so daß sie keine Hoffnung mehr hatten, es wieder auszugraben. Aber von diesem Tage an war Labiskwee nicht mehr imstande, McCan anzusehen, obgleich er an dem Unfall völlig unschuldig war, und Kid wußte genau, daß sie einfach nicht den Mut hatte, ihn anzusehen ... sie wußte, daß sie ihn sonst töten würde.

Dann kam ein Morgen, an dem es vollkommen windstill und der Himmel klar und blau war. Weiße Sonnenlichter flackerten auf dem weißen Schnee, und der Weg führte einen langen, breiten Hang hinauf, der von einer dünnen Eiskruste bedeckt war. Wie müde Gespenster schlichen sie sich durch diese totenstille Welt vorwärts. In der eisigen, unwirklichen Stille regte sich kein Hauch. Weiße Gipfel, die Hunderte von Meilen entfernt hinter dem Grat der Rocky Mountains auftauchten, schienen so nahe, als seien sie nur fünf Meilen von ihnen entfernt.

»Es wird etwas geschehen«, flüsterte Labiskwee. »Kannst du es nicht merken ... hier, dort, überall ...? Alles ist heute so seltsam.«

»Ich empfinde auch einen merkwürdigen Schauer, der nicht von der Kälte herrührt«, antwortete Kid. »Und Hunger ist es auch nicht.«

»Er ist in deinem Herzen ... in deinem Gehirn«, bestätigte sie erregt. »So empfinde ich es nämlich auch.«

»Aber es hat eigentlich nichts mit meiner Stimmung zu tun«, erklärte Kid. »Es kommt von außerhalb, merke ich, und durchschauert mich wie Eis. Es sind meine Nerven.«

Eine Viertelstunde mußten sie stehenbleiben, um Atem zu schöpfen.

»Ich kann die fernen Gipfel nicht mehr sehen«, sagte Kid.

»Die Luft wird so dick und schwer«, sagte Labiskwee. »Ich kann kaum atmen.«

»Es sind drei Sonnen da«, murmelte McCan heiser und wankte, obgleich er sich auf seinen Stock stützte.

Sie sahen tatsächlich je eine falsche Sonne zu beiden Seiten der richtigen.

»Jetzt sind es fünf«, erklärte Labiskwee. Und noch während sie emporstarrten, bildeten sich neue Sonnen vor ihren Augen, Sonnen, die blaß funkelten.

»Mein Gott!« schrie McCan voller Furcht. »Der Himmel ist voller Sonnen, die man nicht zählen kann.«

Und es war wahr; denn wo sie auch hinsahen, flammten und funkelten neue Sonnen an der Himmelswölbung.

McCan schrie auf vor Überraschung und Schmerz. »Ich bin gestochen worden«, rief er.

Dann kam die Reihe zu schreien an Labiskwee, und Kid fühlte gleichzeitig einen Stoß und einen Stich an seiner Wange, so kalt, daß es wie Säure brannte. Es erinnerte ihn an vergangene Zeiten, wenn er im salzigen Meere schwamm und von Quallen verbrannt wurde. So ähnlich empfand er selbst den Schmerz, daß er ganz mechanisch die Hand hob, um die beißende Substanz, die gar nicht da war, von seiner Wange zu wischen.

Da knallte ein Schuß, seltsam dumpf, wie durch Watte. Am Fuße des Hanges standen die jungen Männer auf ihren Schneeschuhen, und einer nach dem andern feuerten sie ihre Gewehre ab.

»Wir müssen uns verstreuen«, kommandierte Kid, »und dann klettern, so schnell wir können! Wir sind ja gleich auf dem Gipfel. Sie sind eine Viertelmeile unter uns, und das bedeutet einen Vorsprung von etlichen Meilen, wenn wir erst die andere Seite des Hanges hinuntergefahren sind.«

Mit Gesichtern, die von den unsichtbaren Stacheln der Luft gestochen und verbrannt wurden, entfernten sich die drei voneinander und kletterten die Schneefläche hinauf. Der gedämpfte Knall der Stutzen klang wie verzaubert in ihren Ohren.

»Gott sei Dank«, sagte Kid zu Labiskwee, »daß drei von ihnen nur alte Musketen haben und nur der eine einen Winchesterstutzen. Außerdem machen die vielen Sonnen ihnen ein sorgfältiges Zielen unmöglich.«

»Es zeigt aber, wie wütend mein Vater ist«, erklärte sie. »Sie haben offenbar den Befehl, uns zu töten.«

»Wie merkwürdig du sprichst«, sagte Kid. »Deine Stimme klingt wie aus weiter Ferne.«

»Bedecke deinen Mund«, schrie Labiskwee plötzlich. »Und sprich nicht! Ich weiß, was es ist! Deck den Mund mit deinem Ärmel zu!«

McCan war der erste, der hinfiel. Er kämpfte kraftlos, um wieder auf die Beine zu kommen. Und dann fielen sie alle ein über das andere Mal, ehe sie den Gipfel erreichten. Ihr Wille war stärker als ihre Muskeln ... sie wußten selbst nicht, was eigentlich geschah, sie fühlten nur, daß ihre Körper unter einer merkwürdigen Empfindungslosigkeit und einer Schwere litten, die ihnen jede Bewegung zur Qual machte. Als sie vom Gipfel den Abhang hinabblickten, den sie soeben hinaufgeklettert waren, sahen sie, daß auch die jungen Männer immer wieder stürzten und stolperten.

»Sie werden nie heraufgelangen«, sagte Labiskwee. »Es ist der weiße Tod. Ich kenne ihn, wenn ich ihn auch nie gesehen habe. Aber ich habe oft genug die alten Männer des Stammes davon sprechen hören. Bald wird der Nebel kommen ... aber er ist ganz anders als jeder Nebel, Dunst oder Rauch, den du je gesehen hast. Nur sehr wenige haben ihn erlebt ... und überlebt.«

McCan ächzte und keuchte.

»Halt den Mund geschlossen«, befahl ihm Kid.

Von allen Seiten flammte jetzt ein durchdringender Lichtschein auf. Kid blickte zu den vielen Sonnen empor und sah sie wie durch einen Schleier schimmern. Die Luft war von mikroskopischem Feuerstaub erfüllt. Die nahen Gipfel waren von dem zauberhaften Nebel schon wie ausgewischt. Und die jungen Männer, die tapfer und hartnäckig vorzudringen versuchten, wurden langsam von ihm verschlungen. McCan war zusammengesunken. Halb lag er, halb hockte er auf seinen Schneeschuhen, während er Mund und Augen mit den Armen bedeckte.

»Komm jetzt, wir müssen weiter«, befahl Kid.

»Ich kann mich nicht rühren«, ächzte McCan.

Sein gekrümmter Körper begann hin und her zu schwanken. Langsam ging Kid zu ihm, kaum imstande, den Willen zur Bewegung gegen die Lethargie, die seinen Körper zentnerschwer machte, durchzusetzen. Er stellte fest, daß sein Gehirn vollkommen klar war. Nur der Körper schien angegriffen zu sein.

»Laß ihn doch hier«, murmelte Labiskwee.

Aber Kid hielt an seinem Entschluß fest, zog den Iren wieder auf die Beine und stellte ihn mit dem Gesicht in der Richtung des Hanges, den sie hinab sollten. Dann setzte er ihn durch einen kräftigen Stoß in Bewegung. Mit dem Stock bremsend und steuernd, schoß McCan in eine Wolke von diamantenem Staub hinein und verschwand.

Kid sah Labiskwee an, und sie lächelte, obgleich es ihr nur mit großer Mühe gelang, sich aufrecht zu halten. Er nickte ihr zu, daß sie aufbrechen sollte, aber sie kam zu ihm hin, stellte sich neben ihn, und Seite an Seite, nur wenige Fuß voneinander entfernt, sausten sie durch die schwere, brennende Luft, die wie eisiges Feuer war.

So stark Kid auch bremste, riß sein größeres Körpergewicht ihn doch an ihr vorbei, und er sauste mit furchtbarer Schnelligkeit ein großes Stück weiter. Es ging erst langsamer, als er ebenes, mit einer Eiskruste bedecktes Gelände erreichte. Hier wartete er, bis Labiskwee ihn einholte, und dann liefen sie wieder Seite an Seite weiter, während ihre Schnelligkeit allmählich nachließ, bis sie schließlich ganz still standen. Ihre Benommenheit war indessen noch stärker geworden. Selbst mit der größten Anspannung aller Energie konnten sie sich doch nur so langsam wie eine Schnecke vorwärts bewegen. Sie kamen an McCan vorbei, der wieder über seinen Schneeschuhen kauerte, und Kid gab ihm mit seinem Stock einen Hieb, daß er sich wieder aufraffte.

»Jetzt müssen wir haltmachen«, flüsterte Labiskwee mit schmerzlicher Mühe. »Sonst sterben wir. Jetzt müssen wir uns ganz zudecken ... so haben mir die Alten gesagt.«

Sie ließ sich nicht einmal Zeit, die Knoten zu lösen, sondern zerschnitt ihre Gepäckriemen mit dem Messer. Kid machte es ebenso, und nachdem sie einen letzten Blick auf die feurigen Todesnebel und die täuschenden Sonnen geworfen hatten, deckten sie sich mit den Schlafsäcken zu und krochen eng aneinander. Sie fühlten, daß ein Körper über sie stolperte und fiel. Dann hörten sie ein leises Wimmern und Fluchen, das durch einen Hustenanfall erstickt wurde, und wußten, daß es McCan war, der zu ihnen kroch und sich in seinen Schlafsack hüllte.

Dann hatten sie selbst Erstickungsanfälle und wurden durch einen trockenen Husten, den sie nicht zu unterdrücken vermochten, wie in Krämpfen geschüttelt und gequält. Kid merkte, daß seine Temperatur stieg und zum Fieber wurde, und Labiskwee erlitt dieselben Qualen. Stunde auf Stunde nahmen die Hustenanfälle an Häufigkeit und Stärke zu, und erst am Nachmittag hatten sie den Höhepunkt erreicht. Dann trat eine langsame Besserung ein, und zwischen den Anfällen schlummerten sie jetzt erschöpft.

McCans Husten wurde dagegen immer schlimmer, und aus seinem Stöhnen und Jammern erkannten sie, daß er im Fieberdelirium lag. Einmal wollte Kid schon den Schlafsack beiseite schleudern, aber Labiskwee hielt ihn fest.

»Nein, tue es nicht«, bat sie. »Es ist der Tod, wenn du dich jetzt entblößt. Verbirg dein Gesicht hier in meiner Parka, atme ganz ruhig und still und sprich nicht.«

So lagen sie im Halbschlaf in der Dunkelheit, obgleich der immer schwächer werdende Husten des einen die andern immer weckte. Es schien Kid, als ob McCan nach Mitternacht zum letztenmal hustete.

Kid erwachte, als Lippen sich gegen die seinen preßten. Er lag in Labiskwees Armen, sein Kopf ruhte an ihrer Brust. Ihre Stimme war heiter wie sonst. Der verschleierte Klang war ganz verschwunden.

»Es ist schon Tag«, sagte sie und lüftete vorsichtig einen Zipfel des Schlafsacks. »Sieh, Geliebter, es ist Tag! Wir haben den weißen Tod überlebt, und wir husten nicht mehr! Laß uns die Welt anschauen, obgleich ich gern für immer hierbliebe. Die letzte Stunde war voll wunderbarer Süße. Ich war die ganze Zeit wach, und ich lag hier und hatte dich so lieb.«

»Ich höre McCan nicht mehr«, sagte Kid. »Und was ist aus den jungen Männern geworden, da sie uns nicht gefangen haben?«

Er schlug die Schlafsäcke zurück und sah eine normale und vernünftige Sonne allein am Himmel stehen. Ein leiser Wind wehte knisternd vor Frost und doch voll von Verheißungen warmer Tage, die bald kommen sollten. Die ganze Welt war wieder wie sonst. McCan lag auf dem Rücken, sein ungewaschenes, vom Rauch der Lagerfeuer geschwärztes Gesicht war hartgefroren, so daß es wie in Marmor gehauen zu sein schien. Der Anblick machte keinen Eindruck auf Labiskwee.

»Sieh«, rief sie. »Ein Schneehuhn! Das ist ein gutes Zeichen!«

Von den jungen Männern war keine Spur zu sehen.

Sie hatten so wenig Proviant, daß sie es nicht wagten, auch nur ein Zehntel von dem, was sie nötig hatten, oder ein Hundertstel von dem, worauf sie Appetit hatten, zu essen. Und in den folgenden Tagen, an denen sie durch das einsame und öde Gebirge wanderten, wurde der scharfe Stachel ihrer Lebenskraft abgestumpft, und sie gingen weiter wie in einem Dämmerzustand. Hin und wieder kehrte bei Kid das Bewußtsein zurück, und er fand sich, wie er dastand und nach den fernen Schneekuppen starrte, die nie ein Ende nehmen wollten und die er längst hassen gelernt hatte, während sein eigenes sinnloses Plappern ihm noch in den Ohren hallte. Auch Labiskwee war meistens verstört, überhaupt mühten sie sich rein automatisch ab, ohne darüber nachzudenken. Und immer wieder wurden sie durch schneebedeckte Gipfel enttäuscht und nach Norden oder Süden abgelenkt.

»Es gibt keinen Weg nach dem Süden«, sagte Labiskwee. »Die alten Männer wußten es. Westwärts, nur westwärts geht unser Weg.« Dann kam ein Tag, an dem es wieder kalt wurde und ein dichtes Schneegestöber sie überfiel, das nicht aus richtigen Schneeflocken, sondern aus Eiskristallen von der Größe von Sandkörnern bestand. Drei Tage lang fiel dieser Schnee, Tag und Nacht ununterbrochen. Es war unmöglich, weiterzuwandern, ehe sich unter dem Einfluß der Frühlingssonne eine Kruste gebildet hatte. Sie legten sich deshalb in ihren Schlafsäcken zur Ruhe, und da sie ruhten, brauchten sie nicht so viel zu essen. So klein waren die Rationen bereits geworden, daß sie den stechenden Hunger, der erst aus dem Magen, aber doch noch mehr aus dem Gehirn kam, nicht zu besänftigen vermochten. Und Labiskwee, die im Fiebertraum lag, wurde halb verrückt, wenn sie ihre kleine Ration kostete; sie schluchzte und murmelte und stieß kleine Schreie tierischer Freude aus. Dann stürzte sie sich über die Ration für den nächsten Tag und steckte sie in den Mund.

Aber da erlebte Kid etwas Wunderbares. Als sie das Essen zwischen den Zähnen spürte, kam sie zum Bewußtsein. Sie spie den Bissen aus, und in einem furchtbaren Zornesausbruch schlug sie sich mit der geballten Faust auf den eigenen Mund, der ihr solches Ärgernis bereitet hatte.

Überhaupt war es Kid vergönnt, in den kommenden Tagen viel Wunderbares zu erleben.

Nach dem lang anhaltenden Schneegestöber begann ein starker Wind zu wehen, der die feinen trockenen Eisstäubchen durch die Luft jagte, so wie der Wüstensturm die Sandkörner vor sich hertreibt. Die ganze Nacht hindurch wehte dieser Sturm des Eissandes, als es dann aber Tag – ein klarer, windiger Tag – geworden war, sah Kid mit schwimmenden Augen und schwindelndem Hirn etwas, das er für eine Vision oder einen Traum hielt. Zu allen Seiten erhoben sich mächtige Gipfel, kleinere, einsame Schildwachen und ganze Gruppen und Versammlungen von gewaltigen Titanen. Und von allen diesen Zinnen und Gipfeln flatterten mächtige, meilenlange Schneebanner, wehten, wogten und winkten weitausladend zum blauen Himmel empor, milchweiß und nebelig woben Licht und Schatten und funkelten silbern im Widerschein der Sonne.

»Meine Augen haben den Glanz deines Kommens geschaut, o Herr!« sang Kid, als er diese Schneewolken sah, die wie Schärpen aus schimmernder Seide im Winde flatterten.

Und er blieb stehen und starrte, und die Banner auf den Zinnen verschwanden nicht, und er glaubte noch zu träumen, als Labiskwee sich erhob.

»Ich träume, Labiskwee«, sagte er. »Sieh! Träumst du denselben Traum wie ich?«

»Es ist kein Traum«, antwortete sie. »Auch davon erzählten die alten Männer des Stammes. Und wenn dies vorbei ist, werden warme Winde wehen, und wir werden am Leben bleiben und Frieden finden.«

Kid erlegte ein Schneehuhn, und sie teilten es. In einem tiefen Tal, wo die Weiden schon Knospen trugen, schoß er einen Schneehasen. Und ein andermal war es ein mageres, weißes Wiesel, das er erlegte. Das war aber auch alles, was sie sich an Lebensmitteln verschaffen konnten. Mehr fanden sie nicht.

Labiskwees Gesicht war mager geworden, aber die großen, klaren Augen waren jetzt noch klarer und größer. Wenn sie ihn ansah, schien sie sich zu verwandeln und von einer seltsam wilden, unirdischen Schönheit zu werden.

Die Tage wurden immer länger, und die Schneedecke begann dünner zu werden. Jeden Tag taute die Eiskruste, und jede Nacht gefror sie wieder. Früh und spät waren sie unterwegs, denn in den Mittagsstunden zwang die Wärme sie zu rasten, weil die Eiskruste ihr Gewicht nicht mehr tragen konnte. Wenn Kid schneeblind wurde, band Labiskwee mit einem Riemen an ihren Gürtel und führte ihn so. Und wenn sie schneeblind war, tat er dasselbe mit ihr. Elend vor Hunger, kämpften sie sich in einem sich immer mehr vertiefenden Dämmerzustand durch ein Land, das im Begriff war zu erwachen, wo sie aber die einzigen lebenden Wesen waren.

In seiner Erschöpfung fürchtete Kid fast einzuschlafen, so furchtbar und trostlos waren die Visionen aus dem Lande des Wahnsinns und des Zwielichts. Er träumte immer von Essen, das ihm immer wieder, sobald es sich seinen Lippen näherte, von dem bösen Schöpfer seiner Träume weggerissen wurde. Er gab große Gelage für seine Kameraden aus den guten alten San-Franziskoer Tagen. Er selbst leitete mit wachsamem Blick die Vorbereitungen und schmückte den Tisch mit Ranken des wilden Weins in den tiefen Farben des Herbstes. Die Gäste kamen spät, und während er sie begrüßte und sie ihre neuesten Witze glänzen ließen, war er wie von Sinnen vor Gier nach dem Essen. Ohne daß jemand es bemerkte, schlich er sich in das Eßzimmer, raubte eine Handvoll schwarzer, reifer Oliven und kehrte zurück, um einen neuen Gast zu empfangen. Und andere umringten ihn, und das Lachen und die Jonglierkünste des Witzes gingen weiter, während er immer noch diese blöden reifen Oliven in seiner Hand hielt.

Er gab viele Gesellschaften dieser Art, und alle endeten sie in derselben unbefriedigenden Weise. Er beteiligte sich an mächtigen, eines Gargantua würdigen Orgien, bei denen Scharen von Menschen sich an dem Fleisch zahlloser Ochsen, die ganz am Spieß gebraten wurden, sättigten. Sie zogen die Braten selbst aus dem Feuer heraus und schnitten mit scharfen Messern gewaltige Bissen von den dampfenden Körpern. Er selbst aber stand mit offenem Munde zwischen langen Reihen von Puten, die von Männern mit weißen Schürzen verkauft wurden. Und viele Käufer waren da, nur Kid bekam nichts; er blieb immer mit offenem Mund stehen, weil sein bleischwerer Körper ihn an das Pflaster fesselte. Oder er war wieder Knabe geworden und saß mit erhobenem Löffel vor großen Schüsseln voll Brei und Milch. Er verfolgte scheu gewordene Kühe über hochgelegene Weiden und erlebte Jahrhunderte von Qual infolge der vergeblichen Versuche, ihnen die Milch aus den Eutern zu stehlen ... oder er kämpfte in stinkenden Gefängnissen mit den Ratten um Abfälle und Reste. Es gab keine Art von Speisen, die ihn nicht zum Wahnsinn hätte treiben können.

Nur einmal ... ein einziges Mal ... hatte er Erfolg in seinem Traum. Als verhungerter Schiffbrüchiger oder Ausgesetzter kämpfte er mit der gewaltigen Dünung des Stillen Ozeans um die Muscheln, die an den Felsen der Küsten hafteten. Und er schleppte seine Beute auf den Sand hinauf bis zu dem trockenen Strandgut, das von den Frühlingsstürmen herrührte. Damit machte er ein Feuer, und in die schwelenden Holzkohlen legte er seinen kostlichen Fund. Er sah den Dampf aus den Muscheln strömen und die geschlossenen Schalen sich allmählich öffnen, so daß das lachsfarbene Fleisch sichtbar wurde. Gerade so gekocht, wie es sein mußte – das wußte er ... und diesmal trat keine Störung ein, die ihm das Essen von den Lippen fortriß. Endlich einmal ... so träumte er mitten in seinem Traum ... sollte sich ein Traum verwirklichen. Diesmal sollte er wirklich essen! Und doch fühlte er selbst in dieser seiner Sicherheit Zweifel, und er hatte sich bereits gestählt, um die unvermeidliche Änderung der Vision ertragen zu können ... aber schließlich fühlte er das lachsrote Fleisch heiß und wohlschmeckend in seinem Mund. Seine Zähne schlossen sich gierig, um es festzuhalten. Er aß! Das Wunder war erfüllt! Aber die Verwunderung weckte ihn. Es war dunkel, als er wach wurde, er lag auf dem Rücken und hörte sich selbst leise fröhliche Rufe ausstoßen und grunzen wie ein Ferkel. Seine Kiefer bewegten sich, und die Zähne zermalmten das Fleisch. Er regte sich nicht ... da merkte er, wie kleine Finger seine Lippen berührten und einen winzigen Bissen Fleisch zwischen sie steckten. Und weil er nicht mehr essen wollte – weniger deshalb, weil er böse wurde –, weinte Labiskwee sich in seinen Armen in den Schlaf. Aber er blieb wach, voll Verwunderung über die Liebe und die Wunder der Frau.

Dann kam der Tag, an dem sie nichts mehr zu essen hatten. Die hohen Gipfel zogen sich immer weiter zurück, die Wasserscheiden wurden immer niedriger, und der Weg nach dem Westen lag offen und verheißungsvoll vor ihnen. Aber die letzten Kraftreserven waren schon erschöpft, und weil sie nichts zu essen hatten, kam bald der Augenblick, da sie sich abends hinlegten und morgens nicht mehr aufstehen konnten. Labiskwee lag bewußtlos, und ihr Atem ging so schwach, daß Kid oft glaubte, sie wäre tot. Am Nachmittag wurde er durch das Schnattern eines Eichhörnchens geweckt. Er schleppte den schweren Stutzen hinter sich her, als er durch die Kruste, die zu Schlamm geworden war, watete. Bald kroch er auf Händen und Knien, bald stand er aufrecht und fiel dann vornüber, während das schnatternde Eichhörnchen vor ihm herkletterte, langsam und spöttisch, daß es ihm wahre Tantalusqualen verursachte. Er hatte nicht Kraft genug, einen schnellen Schuß abzugeben, und das Tier verhielt sich nie still. Zuweilen wälzte sich Kid im nassen Schnee und heulte vor Schwäche. Zuweilen schienen seine Lebensgeister ganz zu entschwinden, und er versank in Bewußtlosigkeit. Wie lange er in der letzten Ohnmacht gelegen hatte, wußte er nicht, aber er kam wieder zum Bewußtsein, als er in der windigen Abendluft vor Kälte zitterte; da waren seine nassen Kleider bereits am Boden festgefroren. Das Eichhörnchen war verschwunden, und nach einem furchtbaren Kampf mit seiner Kraftlosigkeit kam er wieder zu Labiskwee zurück. So erschöpft war er, daß er die ganze Nacht wie tot dalag und nicht einmal träumte.

Die Sonne stand schon hoch am Himmel, und dasselbe Eichhörnchen schnatterte lustig in den Wipfeln der Bäume, als Labiskwee ihre Hand sanft auf Kids Wange legte und ihn weckte.

»Lege deine Hand auf mein Herz, Geliebter«, sagte sie. Ihre Stimme war klar, aber schwach und schien aus weiter Ferne zu kommen. »Mein Herz ist meine Liebe, und du hältst es in deiner Hand.«

Es schien lange Zeit vergangen zu sein, als sie wieder sprach: »Vergiß nicht, daß es keinen Weg südwärts gibt. Das weiß das ganze Volk der Rentiere! Westwärts ... dorthin geht der Weg ... und du bist schon nahe am Ziel ... und du wirst es erreichen.«

Aber Kid versank in eine Ohnmacht, die fast der Tod war, und erwachte erst, als sie ihn wieder weckte.

»Lege deine Lippen an die meinen«, bat sie. »So will ich sterben ...«

»Wir wollen zusammen sterben, Geliebte«, gab er zur Antwort.

»Nein.« Eine leise zitternde Bewegung ihrer Hand ließ ihn verstummen ... so schwach war jetzt ihre Stimme, daß er sie kaum hören konnte, und doch hörte er alles. Ihre Hand tastete unsicher nach irgend etwas in der Kapuze der Parka, dann zog sie ein Säckchen hervor, das sie in seine Hand legte.

»Und jetzt reichst du mir deine Lippen, Geliebter. Deine Lippen auf meinen Lippen ... deine Hand auf meinem Herzen ...«

Doch während des langen Kusses wurde er wieder bewußtlos, und als er aus der Ohnmacht erwachte, wußte er, daß er allein war und selbst sterben wollte. Aber er freute sich auf den Tod.

Er merkte, daß seine Hand auf dem Säckchen ruhte ... Innerlich mußte er über die Neugierde lachen, die ihn bewog, die Schnur zu lösen. Aber er öffnete es doch, und ein kleiner Strom von Lebensmitteln rann heraus. Kein Stückchen davon, das er nicht kannte, alles Labiskwee durch Labiskwee gestohlen ... da waren kleine Brotstücke aus den Tagen, als McCan das Mehl verlor, da lagen Bissen und Streifen von Rentierfleisch, zum Teil schon gekaut ... und Krümel von Talg. Da war auch ein Hinterbein des Schneehasen, völlig unberührt, und ein Hinterbein und ein Teil vom Vorderbein des weißen Wiesels ... ein Flügel vom Schneehuhn mit Merkmalen ihrer Zähne, die es nur zögernd freigegeben hatten, und auch ein Beinknochen ... jämmerliche Reste, tragische Entsagungen, ein Kreuzweg der Lebensfreude und des Lebenswillens ... kleine Bissen nur, aber durch ihre unendliche Liebe ihrem furchtbaren Hunger entrissen. Mit dem Lachen eines Wahnsinnigen schleuderte Kid den Inhalt des Säckchens in den Schnee und sank wieder in Ohnmacht.

Er träumte. Der Klondike war ausgetrocknet. Er wanderte durch sein Bett, zwischen schmutzigen Wasserpfützen und eisbedeckten Felsblöcken hindurch und hob große Goldklumpen auf. Allmählich wurde ihr Gewicht so groß, daß er die Last kaum noch tragen konnte, aber da entdeckte er, daß das Gold eßbar war und gut schmeckte. Und er verschlang es gierig. Welchen Wert hatte schließlich das Gold, das die Menschen so priesen, wenn es nicht einmal zu essen war?

Er erwachte zu einem neuen Tage. Sein Gehirn war sonderbar frei und klar, und er sah keine Nebelflecken mehr vor seinen Augen. Das bisherige gewohnte Zittern, das ihn so lange gequält, war auch verschwunden. Alle Säfte in seinem Körper schienen zu singen, als ob der Frühling selbst ihn erobert hätte. Er fühlte sich so unerhört wohl! Er wandte sich zu Labiskwee um, sah – und erinnerte sich, was geschehen war. Er spähte nach den weggeworfenen Lebensmitteln ... sie waren verschwunden. Da verstand er, daß sie in seinen Fieberträumen die Rolle der Goldklumpen gespielt hatten. Im

Fieber und im Traum hatte er neuen Lebensmut gewonnen durch das Todesopfer Labiskwees, die ihr Herz in seine Hand gelegt und seine Augen für die Wunder des Weibes geöffnet hatte.

Er war ganz überrascht, wie leicht er sich bewegte, und staunte, daß er mühelos ihren pelzgekleideten Leib nach dem Kieselhang schleppen konnte, wo er ihn bestattete.

Drei Tage kämpfte er sich weiter nach Westen, ohne daß er etwas zu essen bekam. Gegen Mittag des dritten Tages sank er unter einer Fichte nieder, die an einem breiten offenen Wasser wuchs, von dem er wußte, daß es der Klondike sein mußte. Bevor er in die Finsternis versank, öffnete er sein Bündel, sagte der hellen Welt Lebewohl und hüllte sich in seinen Schlafsack.

Ein schläfriges Zirpen weckte ihn. Die lange andauernde Dämmerung war schon angebrochen, über ihm, in den Zweigen der Fichte, saßen mehrere Schneehühner. Der Hunger ließ ihn sofort handeln, wenn er seine Handlungen auch sehr langsam vollbrachte. Fünf Minuten vergingen, ehe er überhaupt imstande war, seinen Stutzen an die Schulter zu bringen, und fünf weitere Minuten, ehe er, auf dem Rücken liegend und gerade nach oben zielend, genügend Kraft gesammelt hatte, um zu schießen. Der Schuß ging indessen glatt vorbei. Kein Vogel fiel, aber es flog auch keiner fort. Sie putzten alle schläfrig und schlaff ihre Flügel und raschelten in den Zweigen. Ein zweiter Schuß ging ebenfalls vorbei, weil Kid beim Schießen zusammenfuhr.

Die Schneehühner blieben indessen weiter sitzen. Er legte seinen Schlafsack mehrmals zusammen und steckte ihn in den freien Raum zwischen seinem rechten Arm und seiner Seite. Dann stützte er den Kolben seines Stutzens gegen das Pelzwerk und feuerte wieder ... und diesmal fiel ein Huhn herab. Er ergriff es gierig, mußte aber feststellen, daß das meiste Fleisch fortgerissen war. Die schwere Kugel hatte kaum etwas mehr übriggelassen als einen Klumpen blutiger Federn. Die Schneehühner flogen immer noch nicht fort, und er entschloß sich, nur nach den Köpfen zu schießen – sonst lieber gar nicht. Er zielte deshalb jetzt nur nach den Köpfen. Immer wieder füllte er das Magazin, er schoß vorbei, er traf ... und die dummen Schneehühner, die nicht fortfliegen wollten, fielen wie ein Regen von frischem Fleisch auf ihn herab ... So wurde wieder das Leben anderer Wesen vernichtet, damit er weiterleben konnte.

Das erste Huhn verschlang er roh. Dann ruhte er und schlief, während die Lebenskraft des kleinen Tieres zu einem Teil seines Wesens wurde. Als es dunkel geworden war, wachte er auf, hungrig, aber genügend gekräftigt, um ein Feuer zu machen. Und bis zum frühen Morgen briet und aß er abwechselnd und zermalmte die Knochen zu Brei zwischen seinen Zähnen, die so lange unbeschäftigt gewesen waren. Und dann schlief er ein, wachte, als es wieder Nacht geworden war, und schlief dann weiter bis zum nächsten Tage.

Da stellte er fest, daß das Feuer mit frischem Holz geschürt worden war und lichterloh brannte. Und über den Gluten am Rande des Feuers hing eine rauchgeschwärzte Kaffeekanne, die ihm bekannt vorkam. Daneben saß ... kaum um Armeslänge von ihm entfernt ... kein anderer als Kurz, der wohlgefällig eine Zigarette aus Packpapier rauchte, während er ihn aufmerksam beobachtete. Kids Lippen bewegten sich, aber seine Kehle war wie gelähmt, und er hatte Mühe, die Tränen zurückzuhalten, die hervorzustürzen drohten ... Er streckte die Hand nach einer Zigarette aus und sog den Rauch mit tiefen Zügen ein.

»Es ist lange her, daß ich geraucht habe«, sagte er leise. »Sehr, sehr lange her.«

»Und nach deinem Aussehen zu urteilen, ist es offenbar auch lange her, daß du gegessen hast«, fügte Kurz barsch hinzu.

Kid nickte und machte eine Handbewegung nach den Federn der Schneehühner, die ihn umgaben ...

»Mit Ausnahme der letzten Tage«, antwortete er. »Weißt du, ich möchte gern eine Tasse Kaffee haben ... er muß ganz merkwürdig schmecken ... und dann Eierkuchen mit Speck.«

»Und vielleicht auch mit Bohnen?« fragte Kurz lächelnd.

»Die müßten himmlisch schmecken. Ich habe den Eindruck, daß ich wieder einen mächtigen Hunger kriege ...«

Während der eine kochte und der andere aß, erzählten sie einander kurz, was ihnen geschehen war, seit sie sich getrennt hatten.

»Das Eis auf dem Klondike wollte schmelzen«, schloß Kurz seinen Bericht, »und wir mußten also warten, bis das Wasser wieder befahrbar geworden. Wir haben zwei gute Wrickboote und noch sechs Leute ... du kennst sie alle, tüchtige Kerle, kann ich dir sagen ... und allerhand Ausrüstung mit, und wir sind langsam, aber sicher vorwärts gekommen, haben gewrickt und geschoben und gezogen. Aber die Stromschnellen mußten die Boote eine gute Woche zurückhalten. Da habe ich die andern zurückgelassen, als sie einen Weg über die Felsen am Ufer anlegten, um die Boote an den Schnellen vorbeizuziehen. Ich hatte so eine Ahnung, weißt du, daß ich weiterlaufen müßte. Deshalb schnürte ich mir ein tüchtiges Bündel mit Proviant und ging. Ich wußte, daß ich dich irgendwo unterwegs finden würde, wenn auch ein bißchen mitgenommen.«

Kid ergriff seine Hand und drückte sie stumm. »Wollen wir nicht sehen, daß wir weiterkommen?« sagte er.

»Aber du bist ja so schwach wie ein neugeborenes Zicklein. Du kannst vorläufig nicht ans Wandern denken. Warum denn so eilig?«

»Weißt du, Kurz, ich bin auf der Suche nach dem Größten und Besten, das es hier in Klondike gibt ... und ich kann nicht länger warten ... das ist es, Kurz! Fang nur an zu packen. Es ist das Größte in der ganzen Welt! Es ist größer als Seen voller Gold, als Berge aus Gold, größer als alle Abenteuer und als Fleisch essen und Bären töten.«

Kurz' Augen traten fast aus den Höhlen, so entgeistert war er über diesen Ausbruch.

»In drei Teufels Namen«, fragte er endlich, »was ist dir denn zugestoßen? Bist du vielleicht verrückt geworden?«

»Gar nicht, mein Freund ... es geht mir sogar verdammt gut. Es kann ja sein, daß man eine Zeitlang ganz ohne Essen leben muß, um die Welt und die Menschen im richtigen Licht zu sehen. Jedenfalls habe ich für mein Teil Dinge gesehen, von deren Dasein ich mir nie hätte träumen lassen. Ich weiß jetzt, was eine Frau ist.«

Kurz öffnete den Mund, um etwas zu sagen, und sowohl um seine Lippen wie um seine funkelnden Augen lag ein merkwürdiger Zug, der verriet, daß er schon eine spöttische Bemerkung auf der Zunge hatte.

»Bitte, laß das«, sagte Kid sanft. »Du weißt nichts davon ... aber ich habe es kennengelernt.«

Kurz behielt also seine Bemerkung für sich und schlug ein anderes Thema an.

»Hm ... ich brauche keine fremde Hilfe, um ihren Namen zu erraten! Alle andern sind schon nach dem Überraschungssee gezogen, um ihn trockenzulegen, nur Joy Gastell wollte nichts davon hören. Sie sagte, sie hätte keine Lust mitzugehen. Sie strolcht in Dawson herum und wartet, daß ich dich mit nach Hause bringe. Und sie hat geschworen, wenn ich es nicht tue, ihre Minenanteile zu verkaufen, ein ganzes Heer von guten Schützen zu heuern, nach dem Rentierland zu marschieren und dem alten Snass und seiner Rasselbande die letzte Puste aus dem Leibe zu schießen. Und wenn du dich noch ein bißchen beherrschen kannst, werde ich inzwischen den ganzen Mist einpacken und mich fertigmachen, so daß wir schnellstens von hier verduften können.«

Und Alaska-Kid lächelte ...